南有嘉禾

王嘉禾 著

浙江少年文学新星丛书·第五辑
海飞 主编

四川大学出版社

责任编辑：朱兰双
责任校对：周　颖
封面设计：天恒仁文化传播
责任印制：王　炜

图书在版编目(CIP)数据

南有嘉禾 / 王嘉禾著. —成都：四川大学出版社，2018.10
（浙江少年文学新星丛书. 第五辑）
ISBN 978－7－5690－2460－9

Ⅰ.①南… Ⅱ.①王… Ⅲ.①中国文学－当代文学－作品综合集 Ⅳ.①I217.2

中国版本图书馆 CIP 数据核字（2018）第 236798 号

书　名	南有嘉禾
著　者	王嘉禾
出　版	四川大学出版社
地　址	成都市一环路南一段 24 号 (610065)
发　行	四川大学出版社
书　号	ISBN 978－7－5690－2460－9
印　刷	成都市兴雅致印务有限责任公司
成品尺寸	145 mm×210 mm
印　张	7
字　数	132 千字
版　次	2018 年 11 月第 1 版
印　次	2018 年 11 月第 1 次印刷
定　价	35.00 元

◆ 读者邮购本书，请与本社发行科联系。
电话：(028)85408408/(028)85401670/(028)85408023　邮政编码：610065

◆ 本社图书如有印装质量问题，请寄回出版社调换。

◆ 网址：http://press.scu.edu.cn

版权所有◆侵权必究

王嘉禾

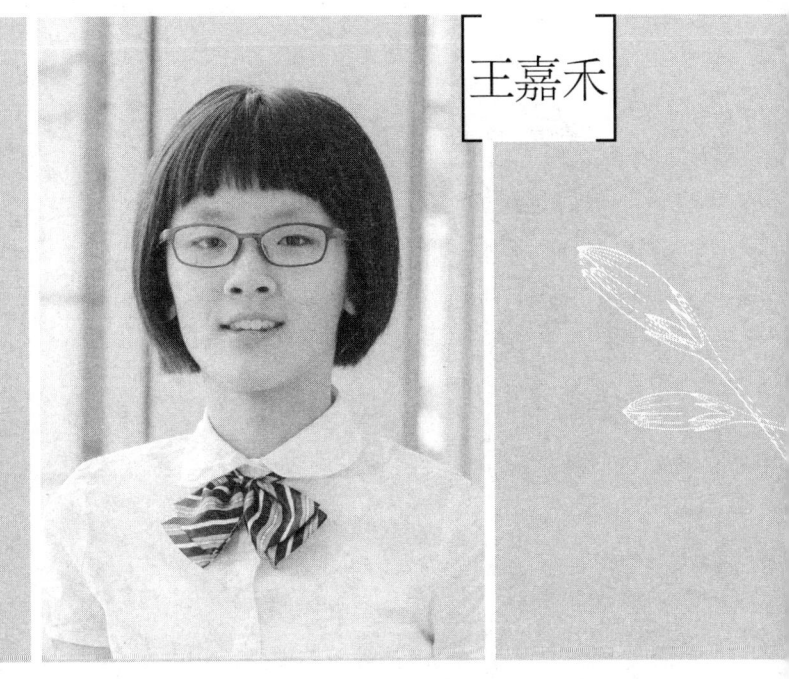

出生于2005年5月。浙江省杭州市建兰中学初一（9）班副班长，校学生会外联部部长，获校学习最高奖"金兰奖"，获校"三好学生""优秀班干部"称号。在全国级和省级累计获奖、发表作品共40篇。其中，获教育部组织的征文三等奖一次，全国征文比赛一等奖两次，二等奖三次。在天长小学就读期间，是杭州外国语学校推荐生，担任大队长，校排球队主力，被评为"区三好学生"。由文汇出版社出版《拾穗行歌》一书，由沈石溪作序，该书在团省委等"读习爷爷读过的书"红领巾E站读书活动中，被作为推荐读物，在新华书店推广。获中央电视台"希望之星"英语风采大赛杭州赛区一、二等奖多次。

去泰国的旅途中

在九寨沟

在九寨沟

在都江堰

在建兰中学"兰池"畔看书

旅途中的瞬间

毕业前夕在天长小学

毕业前夕在天长小学教室里

《拾穗行歌》一书在"读习爷爷读过的书"主题活动中展出

在"六一·义卖"活动中为《拾穗行歌》签名售书

小品演出,竞选学生会

主持《"唤醒经典,让古诗词乘歌飞翔"——文化寻力系列活动》

初一军训获得三枚勋章

获建兰中学学习最高奖"金兰奖"

> 王嘉禾 同学
>
> 书香少女
> 幸福人生
>
> 沈石溪

沈石溪题词

沈石溪，著名作家。

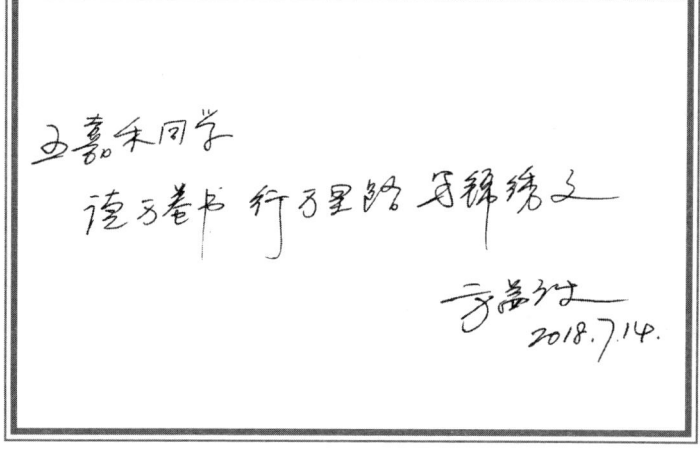

方益波题词

方益波，新华社浙江分社副总编。

> 每个人的少年都是发光的
> 印象，这是记忆里的
> 甘泉。但又很少有
> 时为自己做生动的
> 记录。所以嘉乐写
> 《南方嘉事》是他的
> 文字才，也是他的文字缘。
> 新书付梓，欢喜祝贺！
>
> 夏烈 18.7

夏烈题词

夏烈，文学评论家、作家，杭州师范大学教授、中国作协网络文学研究院副院长。

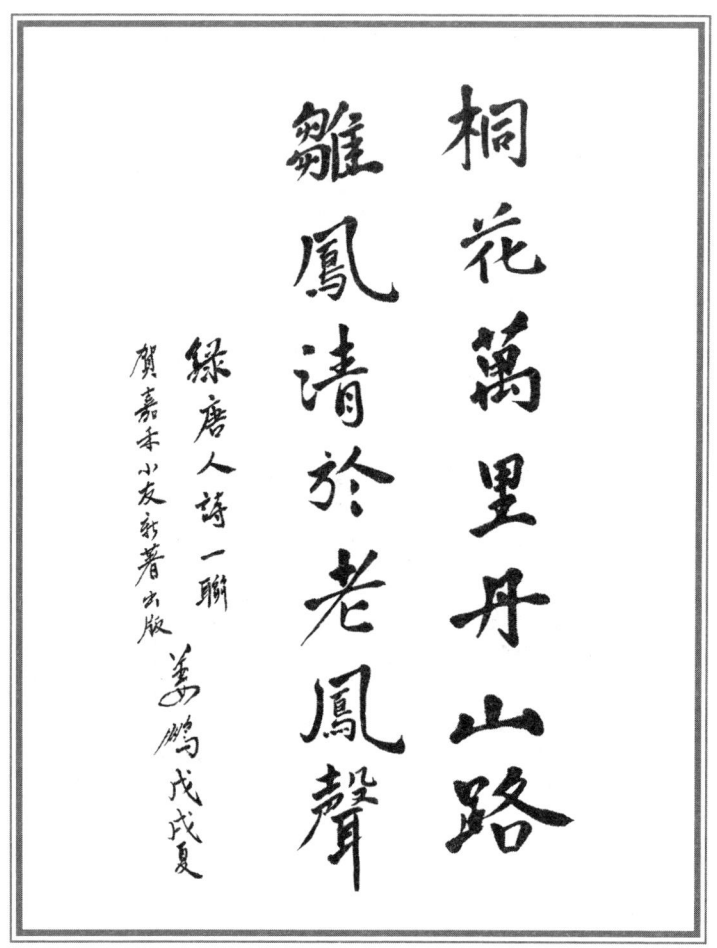

姜鹏题词

姜鹏，复旦大学历史系副教授、中央电视台《百家讲坛》主讲人。

南有嘉禾

胡 勤

我第一次读嘉禾同学的文字,只一句就被她的文学天赋感染。那是她的一篇散文《走过·雨巷》,第一句,"是了,这就是我去幼儿园必定走过的巷子了。"就这一句我便有了无限朦胧的揣想:多久了,她梦魂萦绕、寻寻觅觅?她上小学了,"一走,就是四年"。平淡的语言带着岁月的伤感。这四年,雨巷在她的梦里,从来没有离开过。她这样觉得,这样真实地写出来,也许并没有意识到语言中流露出的岁月的伤感。

这开头不合平庸的套路。按套路开头会说些"我离开雨巷四年了,一直心心念念"之类的话作交代,有了原因才会写出下面的结果,不会破空而出,直接就说"是了,这就是……"且不说这样写有张力,拉开了时间和空间,我觉得这样说很率性,有控制不住的律动,而且能感染我们。语言有生命的律动,才是文学的真谛。

这篇散文的情绪偏向怀旧。回忆过去带着暗色调,却掩不住明亮、活泼的童真之心。嘉禾以自言自语的姿态叙述。记忆中的事物,窄巷、旧楼、青石板路、老井……爸爸的自行车也是老旧的。这些沉淀着历史的事物和语言符号,已经成为文化记忆,很容易引起过来人的情感共鸣,正如文中所说,"那是一种旧时光一去不复返的感觉……时光之路在这里流逝,带着一小点对成长的悲哀,以及对过往烟云的追念。"这样的情绪和感受超越了同龄人。

文章的写作技巧还稚嫩,没有所谓的匠心独运,恰恰是才情自然流露。她写走在雨巷,可写的不知是梦还是现实。细读之,思路很清晰。现实中她回到了离别四年的雨巷,一落笔却写梦。从梦里见到眼前所见,又由眼前所见回忆起过去。这种作文构思的技巧,让散文摇曳多姿。尤其后面写道:

我拿着青春的钥匙,敲打着小巷的墙。
童年的时光在青石板路上流淌,印在小巷的时光胶片上。

这种语言需要智慧,而不仅仅是一般作文构思的技巧。如果我来修改这篇文章的结构,也许会要嘉禾把这两句作为文章的灵魂，全文可以围绕这两句构思。把"敲打"改为"轻扣"，轻扣小巷，打开了一幕幕童年的时光。但是我不会限定嘉禾这样写，那会限制她的文学天赋的发挥。

嘉禾还有很长的路要走。天赋才华左右着热爱文学的小作家走向哪里，能够走多远，但并不是决定她一定能够走到哪里。人生的经历还会赋予她更多的情怀与思想，她一定能够写出更多更好的文章，写着写着也许成为一位伟大的作家。当然我们不要生拉硬扯把她推向我们预设的目标。人生要面临无数选择，很多选择要基于现实。执着于一个不着边际的目标，会遇到许多意外而导致竹篮打水一场空。

我当初和省作协文学院院长盛子潮商议成立浙江省作协少儿作家分会，创办浙江省文学之星评选活动，意在引起基础教育重视文学教育，能够发现像嘉禾这样有文学天赋的同学，为他们提供展示才华的平台。我第一次读嘉禾的散文就意识到她会有很多好文章。欣闻嘉禾散文集《南有嘉禾》入选《浙江少年文学新星丛书》，即将付梓，要我为这本书写序。我也借此机会说说我第一次读她散文的感受。如有不当，嘉禾同学多多包涵。

2018年8月1日

（作者系浙江师范大学教授、浙江省特级教师）

少年心事当拿云

涂国文

早几年我就知道嘉禾很优秀，却不知道她竟然如此优秀！

这次看了嘉禾爸爸发给我的《南有嘉禾》书稿，我从附录的《嘉禾"史记"》中了解到，小小年纪的嘉禾，这些年所获得的大大小小各种荣誉和发表的作品，加起来竟接近100项。小才女已初露峥嵘，看到她的成长，我这个做大伯的心里很高兴！

书稿收录了嘉禾50余篇（首）诗文，从家庭到校园，从小学到初一，从家乡到外地，从作文到文学，有一般性记叙文、散文、游记、评论，也有童话、诗歌和小说，观察仔细、体会深刻、描写生动、想象飘逸、题材多样、内容丰富，既展示了嘉禾对生活的观察力与文学的想象力，真实记录了嘉禾在作文之路上的努力，又真实记录了嘉禾的心路历程和成长历程。

书稿的编辑体例也颇具匠心，每一辑都用一句七言诗作为辑名，既提示了辑中的内容，又流溢着盎然的诗意。最后一辑"笳鼓几声入云中"，收录了亲友团写嘉禾的多篇文章，通过他们的眼睛，全方位、立体地再现了嘉禾的乖巧、聪颖、勤奋和执着，表达了亲友们对嘉禾的殷切期待。

嘉禾爸爸是我多年的老朋友。我最早读到的嘉禾的作文，是那篇《"说变就变"的爸爸》。看那篇文章时，我不时发出会心的微笑。那篇文章好像就是我给推荐发表的。嘉禾在作文上所取得的成绩值得点赞。这些年来，她频频在各地作文报纸杂志发表习作，多篇文章还被选入相关书籍。与此同时，她还频频在各类全国性作文比赛中获奖，譬如她就曾获得第十一届"文心雕龙杯"全国校园文学艺术大赛预赛一等奖。

嘉禾有个温馨的大家庭，爷爷奶奶、外公外婆、爸爸妈妈都很爱她，对她呵护备至。嘉禾爸爸在日常生活中，不仅对嘉禾的阅读与写作进行耐心的指导与引导，更积极主动地帮助嘉禾向外投稿，及时地给嘉禾以发表的鼓励与激发。

写作是一件需要持之以恒的事情，愿写作这个美妙的爱好能终身陪伴着嘉禾。喜欢嘉禾作文中的一句话："青春的赛场上,我们从未停步。"我把这句话回赠给即将迎来青春年华的嘉禾,作为对她的祝福。

(作者系诗人、作家、评论家、资深教育媒体人)

内容简介

体裁：以记叙文、散文为主。

内容：六个版块分别是：记录我的初中生活；记录这几年我游览祖国河山的足迹；记录我和我的"和睦大家庭"发生的点点滴滴的家事；再现我对多种文学体裁的尝试；选取获奖的11篇作品（共发表获奖作品40篇，部分散见于其他版块）；记录长辈们对嘉禾的肯定与鼓励，记录学校老师和嘉禾相处六年的校园生活历程，是难得的精神宝库。

鱼凌跃纵金鳞

002　告别

003　忘不了，那些目光

005　"初来乍到"的初中生活

007　热情似火的十月

009　分秒必争的十一月

012　注定最美的一月

014　吆喝声声的三月

016　指尖跃动的三月

018　奔跑的四月

019　舞台上度过的六月

021　学校食堂那些事儿

023　3D打印，怎么爱你都不够

025　争论真好

027　为你欣喜

佳处湖山忆漫游

032　华山之旅

033　BiangBiang面

035　九寨沟之行

038　赏重庆嘉陵江、洪崖洞

040　走过·雨巷

043　新年，新年

047　国宝？活宝！

家 在西湖烟水东

052　家：不断的光源

054　我没有手机

056　我的眼睛

060　眼神的力量

062　忘了打电话

064　美化《作文选》

065　藏在记忆深处的童年

068　别样冰激凌

070　我看见生活的笑靥

072　刻满爱的快递箱

073　"说变就变"的爸爸

075　我的"跟屁虫"妹妹

076　家有"萌"娃

稼 稽躬勤著诗书

080	眺望岛生存
094	窗
095	时空胶囊
098	掉落到人间的小星星
099	爱，让马车一路向前
	——读《青铜葵花》有感
101	有妈妈在，再苦的日子也有阳光
	——读《妈妈的银行账户》有感
102	天籁般的颂歌
	——浅评《哈利·波特与死亡圣器》
106	诗歌四首

甲　第何人意气归

114　踏浪

115　绿豆发芽记

117　蜗牛日记

119　剥核桃

121　《雪地里的脚印》续写

122　小猪和它的鼻子

124　我所经历的暴风雨

126　我的小秘密

128　我与书的秘密

129　星星的孩子

132　世间有爱，便一切安好
　　　——《哈利·波特与死亡圣器》读后感

笳 鼓几声入云中

- 138 我心目中的好孙女
- 140 "电动小马达"
- 141 喜欢蓝色的小姑娘
- 143 那些闪着光的时间,那些闪着爱的文字
  ——给嘉禾的一封信
- 146 每段路都有一段旅程
- 150 师生缘
- 153 我的嘉禾
- 154 嘉禾,只要你喜欢
- 156 我的小屁孩
- 159 恩师寄语
- 164 一起上厕所,可以培育出最伟大的友谊
  ——和嘉禾爸爸探讨儿童的写作

- 169 附录 嘉禾"史记"
- 180 后记 让文字之花在笔尖绽放

嘉鱼凌跃纵金鳞

初中生活

记录了我从小升初到初中的部分生活片段，初中生的心路历程跃然纸上……

告别

早秋的傍晚，注定是告别的时刻。

联欢会早已经开不下去，大家都默默垂着头，有的似乎还红了眼眶。夏季早已匆匆收尾，只是空气中蔓延着闷热的气息。窗外的蝉不停地鸣叫着，鸣蝉声竟然透出一股幽远的意味。

它是试图掩盖我们心头的不舍吧。

那几只常来我们窗口的麻雀，似乎又停在了那儿，短促地轻鸣。鸟儿！如果下次你们再来，坐在这儿的早已经不是我们了啊！

一阵短促的躁动，我们纷纷站了起来，浅浅地笑着，对自己的同桌、挚友，哪怕是曾经的死对头，轻张双臂。

拥抱过后，我们再无法同窗。

我默默坐下，他们也静静地回忆，似乎走之前，要把校园中的一切都刻下来，永远存在脑海中。

啊！我们怎会忘却？

六年来，我们一直在这里，这里的每一个地方、每一缕空气，都早已融入我们的血液！

身边是朝夕相伴的同学，耳边是愈奏愈烈的校歌。窗外，纷纷扬扬的玉兰花，伴着傍晚的轻风，飘入每一扇窗，飘入每个人心头最柔软的地方。那棵高耸的梧桐树，也早已光秃，落叶打着旋儿，轻轻落在地上，带过阵阵微风。

我仿佛听见所有的一切，都在无声地叹息。

走出教学楼，我又回头看了看教室的方向，看了看淡蓝色的教学楼，看了看那一排排笔直的骄傲的松柏，仿佛看到了多年前矮小的树苗。

再不舍，这个傍晚，我们还是要分离。

忘不了，那些目光

六年的时光仿佛一瞬间从眼前闪过，飞快地溜走了。这六年，最难忘的，是小伙伴的目光。

"祖先"汪晗雪的目光，是淡淡的、平静的，嘴角不上扬也能够感受到她眼里是含着笑的。这无声的笑，没有任何杂质，平和不失活泼。当你烦躁不安的时候，看到她投来的目光，烦恼一下灰飞烟散。

"老乐"郑彤乐的目光,是甜甜的、柔柔的。看到这目光,人的心里就会感到甜甜的,不知道是吃了蜜还是吃了糖,反正有一种说不出的愉悦。有一次我跑完800米趴在她背上喘气,她拍拍我的肩,向我投来一个目光,仿佛在鼓励,又仿佛在赞扬。

"紫媛怡"金媛怡的目光,是坦率的、率真的。那眼神里有说不完的故事,讲不完的笑话。眼神中,有讲笑话时的眉飞色舞;眼神中,有听到同学哄堂大笑后的暗暗得意;眼神中,也有生气时的愤怒。

"仔仔"徐书畅的目光,是亲切的、平易近人的,加上一抹调皮可爱的笑,让人感觉心里暖暖的。

"老田"王思田的目光,是平淡的,有古代女子的典雅,但是仔细看,也能够发现眼角不经意流露的古灵精怪。

"奶奶"李宇凌的目光,平时是柔弱平淡的,跑步的时候,却是炯炯有神的,流露出对胜利的渴望。

"汪大大"做题时认真专注的眼神、佳佳投垒球时坚毅的眼神、周琪唱歌时可爱的眼神……这一切,都深深刻在我的脑海中,挥之不去。

"初来乍到"的初中生活

教室外暖阳似火，端坐在教室里的我们虽然表面十分严肃，内心却掩不住地躁动起来。说不兴奋，那是假的。身边都是同自己一样穿着白色校服的"新"同学，刚见过几面的老师在讲台上滔滔不绝，身后刚刚布置好的精美板报墙似乎还带着手指的余温。至于"新"同学，尽管有之前一个星期的军训作铺垫，但仍是些较生疏的面孔。军训给了我们无比强大的力量。它让我们紧紧连在一起，一起坚定地抬头展望未来，展望着令所有人心潮澎湃的初中生活。

初来乍到的我们，开始用一种好奇的目光探索着校园的每个角落。在适应紧张匆忙的学习的同时，我们总是能找到属于自己的乐趣。上午第四节课刚结束，一群"小吃货"便手持校园卡，奔向每一处"食品售卖机"。我们走过的地方，留下一路的欢声笑语。

"今天我没带卡，你请客好不好？"

"好吧。那我们买一盒好丽友，你一个我一个。"

"好!爱死你了!下次我请回来!"

角落的售卖机经常听见这样的对话,它们都是我们友谊的见证人。

课间,相对匆匆忙忙回教室的初三学长,我们则是摆出了散步的姿态。几个女生围在一起,手挽着手,肩靠着肩,不紧不慢地晃悠着,仿佛一切焦虑都与我们无关。悠悠晃过"兰语咖啡吧",往里面好奇地望上两眼,又回头投入专属于女生之间的闲聊;又晃过"兰池",往下方的鱼池望两眼,纳闷今天鱼都去哪儿了。再继续一晃一晃走进教学楼,与身边的同学有一搭没一搭地聊着天。差不多这时上课铃就响了,我们便一边惊呼着下节是××课,一边抬腿以百米冲刺的速度狂奔上楼。踏着铃声赶到教室,我们飞快坐下来,扭头相视一笑。眼睛里,仿佛藏了世间最令人愉悦的光亮。

中午自习开始后,总有那么几个男生玩"失踪",到后面这情况还"变本加厉"。于是班主任老师在那几个男生偷偷溜回来的时候把他们逮了个正着。一番盘问才明白,一部分人是去"咖啡吧"排长队买吃的,另一部分人则是在一楼打乒乓球呢!怪不得,回来的时候总是大汗淋漓。我轻笑,果然男生们的乐子是源源不断啊。

结束了一天的紧张学习,我们并不急着回家,而是与好朋友一起，去"兰语咖啡吧"犒劳一下自己。路过"兰池"，鱼儿似乎感觉到我们的目光，将尾巴轻甩，敏捷地钻入桥下，我们的心情似乎刹那间明朗了起来。

傍晚时分的建兰，一改早晨的繁忙。你总能看到有几个穿着白色校服的初一学生，拉着手走向操场。他们踩着阳光的余晖，与"兰池"一起，笼上了一层金色的光芒。同样耀眼的，还有他们脸上的笑容，仿佛一切喧闹于此刻静止。

我们，就这样开启了初中生活。

（该文发表于华东地区优秀期刊，教育部主管、华东师范大学主办的《中文自修》杂志，"杭州网"转载有删改）

热情似火的十月

在炽热阳光的照射下，运动会连同十月一起向我们跑来。秋天，阳光仍然很猛烈地炙烤着我们的肌肤，毫不留情地将热量传递给每一寸空气。在一个十月的下午，我们穿着夏季校服，聚集在学校门口的空地上，稀稀拉拉的，额头上沁出层层细汗,强打起精神练习。

不错——我们在杨济诚的带领下,练习韵律操。

显而易见,这不是一件容易的事情。

韵律操,全称"建兰中学兰韵青春操",朝气蓬勃,充满活力,还有类似健美操的一些高难动作,女生或许掌握起来比较容易一些,男生就困难一些。

其中有一个动作,手臂需要向下划动,脚需要并拢,同时跳起来。这个动作,难住一大片好汉——不是肢体扭动不协调,就是顺了拐;不是做到一半突然乱了套,就是忘记了下一个动作。每次到这个动作,必定要停下来,点几个英雄好汉的大名,说道:"注意点,你又和别人不一样了!"被点到名字的男生低下头,面带愧色——但是下次再做,该错的还是错,绝不含糊。

几个困难户好不容易将动作改过来了,又遇到拦路虎——男女两列要一边做着手上的动作,一边转一个圈。这一下女生也乱了套,总是与男生撞在一起,要不然就是愣一秒钟,导致整个队伍堵住,全线崩溃。男生就更不用说了。老师只好让前后两男两女分开练习,直练得我们汗如雨下连连大喘气,才稍稍有一些模样,不至于乱成一团。

"棒冰——棒冰来喽!"

不知道是谁喊了一声,大家一窝蜂地朝棒冰奔去,一人一支捏在手里满足地说不出话来。男生们扯着领子,一边喊热一边撕开包装,不一会儿又开始左右晃着"绿舌头";女生们坐成一排,向别人炫耀着自己抢到了××口味的棒冰,又跑到谁那儿舔一口不一样的味道。

在这个炎热十月,在校园的一角,散发着我们青春的荷尔蒙。

吾安。勿躁。

分秒必争的十一月

伴随着微凉萧瑟的风,十一月来了。

全年级同学进入一种莫名的状态。原因,所有人都心知肚明——铆足劲儿,就为了面对二十天后的期中考试。

初中第一次期中考试啊。

我们抓紧一切时间,下课,大课间,午休,下午自修课,甚至食堂排队时,我们苦苦汲取知识的营养,每日埋头于浩瀚的题海中。老师们更是如此:

瞧!那边苦苦讲题一整节课、留下两大黑板工整端正板书的××老师前脚刚走,另一位老师已抱着电脑和书本匆匆赶来。课代表和值日生一阵忙碌，我们刚掏出作业本写了几道题，上课预备铃已悦然响起。这美妙动听的音乐在我们看来就像是催命之铃。每当把作业本收进去的时候，总是在心中叹息一句：

下课时间能长些吗！

老师自然不愿浪费时间，预备铃响之前，便让大家准备书本、练习本、默写纸等，一上课就有力地"下达指令"：开始默写！一节课的时间，如流水一般从我们眼前溜去，不留任何痕迹。我们拼尽全力追赶着，追赶着时间的脚步。

就连平日温和的英语老师都不再与我们谈话，上课铃一响直切主题，毫不含糊。"Today we will..."我们几乎无人开小差，个个目光如炬。

××课通常在讲评中度过，一遍又一遍的知识点，一类又一类截然不同的题型，砸得我有些蒙。但我们每个人，不论成绩优异与否，都在努力，为了让自己有一个最好的答卷。

那时的我有感而发自言自语：

颇有些中考的感觉呢。

很快我了解到，这话说得早了些。

当白花花的试卷送到我们手里，在奋笔疾书、行云流水的若干分钟后又被依次传上去后，我们的心情竟出奇的一致——

　　沉重。

　　无人欢笑玩耍。那些成绩较优秀的同学拧着眉懊悔自己的最后一大题或者是倒数第二题没有答对，成绩偏差的同学恼怒自己根本没有做完。更有甚者，直接眼睛红了起来。于是接下来的几节课，安静得有些可怕，偶尔听到几声长吁短叹间杂在笔尖摩擦着纸面以及翻试卷的唰唰声中。

　　此时无声胜有声。

　　又是一次模拟考结束。外面阳光正好，斜斜地，轻轻地，静静地，洒在教室外的走廊上，也洒在我们心头。心里不知为何有些痒痒的感觉呢。

　　我们在老师的许可下一窝蜂涌出教室，所有人站在走廊里，晒着太阳，吹着风。

　　有人开始笑了。紧跟着大家都开始笑了。仿佛所有压力倾泻而下。

　　多么愉快啊！

　　我站在那里，眼前是轻柔的阳光，身边是并肩奋斗的朋友。

　　真是难以描述的十一月，

　　紧绷不懈的青春之弦啊！

注定最美的一月

北风渐渐地，在所有人毫无防备的情况下，就这么吹了起来。我们最后的一个月，也就这么到来了。

期末的节奏伴随着窗外的寒风呼啸，枯叶萧瑟。无人嬉笑，个个都是目光紧缩，双眉紧皱，为美其名曰"期末检测"的那天做最充分的准备。

看似枯燥无味的生活，其实最能勾起我们欲望的，只有一样东西——美食。

不知多少次，路过"兰语咖啡吧"，总是被飘散出来的香味吸引住，不由地停住脚步。有好多同学望着"兰语咖啡吧"的门，满脸纠结，似乎在思考，快上课了还买吗？要不算了吧，但真的好香啊！"兰语咖啡吧"柜台前早挤满了人，长短粗细不一的手臂捏着校卡，伸到最长。看着松饼又一次被卖光，自己抢不到，有的急得涨红了脸，似乎都要哭出来了。几个眼疾手快的同学，点单、拿东西、刷卡付钱一气呵成，一脸满足地拿着松饼或鸡块或蛋糕或奶茶，奔向教室继续沉入题海。

下课时的"兰语咖啡吧",是最美的风景。

忙碌了一天,匆匆理好书包,与大多数同学一样,抱着"累了一天吃点东西犒劳下自己"的心态,我手持校卡,以百米冲刺的速度飞奔至"兰语咖啡吧"。早有几个同学买好奶茶和蛋糕,在木桌上摊好习题册和卷子,刷刷地开始做题了。我们一边忙着排队,一边不忘有一搭没一搭地聊着天。

"数学模拟考试真累,考完感觉中饭都白吃了。"

"就是。不大补一点怎么对得起我死去的脑细胞啊!"

"那烦劳大哥请客了啊!"

"想得美!"

"你就抠吧!"

这样的对话是经常的。

我们几个小伙伴结伴买了松饼或奶茶,放下包,找了几个位置,拿出书本和笔,眼前是昏黄灯光映照下的"面色惨白"的卷子,身边是叽叽喳喳的同伴,嘴边是温热甘甜的奶茶。

放学时的建兰,是最美的风景。

这个月,注定是最美的一月。

吆喝声声的三月

跳蚤市场像我们学校传统的节日,在学姐学长中口口相传,我们早就心痒痒了。

下午第二节课铃声一响,同学们就把桌子搬到大操场上,开始布置摊位。七年级、八年级,还有我们学生会和社联的同学,在大桌子上铺上床布,挂上精心制作的海报,海报一张比一张夺人眼球。一箱箱商品、一盆盆多肉植物,在我们热切的目光下,被摆上桌子。

我们拎出一笼笼小兔子、小仓鼠,整齐地摆着,里面活蹦乱跳的小动物引得许多同学驻足观看。

我和李念一起帮忙的摊位,怕是全校最吸引人的了,是特别批准可以卖饮料的摊位。

昨天,一大群学生会干部围在长桌旁,手脚麻利地包装着批发来的饮料,像盐水袋似的包装袋,用长长的管子注射进饮料袋。我们把袋子高高举过头顶,那景象活脱脱似给病人打点滴。不得不说,这样的设计,在无第二家售卖的情况下，吸引了一大堆人，围着问：一袋多少钱？

在征求学生会学姐的意见后，我们统一口径——二十元。好多同学望而却步，我们有一些无奈，饮料的成本与盐水袋的成本，不到十元吧，只好在同学们的步步紧逼下妥协。

十元一袋。

此价一出，犹豫了许久的同学们纷纷掏钱。一下子，那"盐水袋小山"便以肉眼可见的速度迅速低了下去。我们计上心来，立刻顺水推舟，一个个扯开嗓子吆喝。

"不买来不及了啊，十元一袋，绝对良心价！"

"马上就卖光了，过了这村可就没这店啦！"

许多同学闻讯赶来，忙递着十元或者二十元纸币，嚷着"给我一袋，给我一袋！"更有甚者，直接就抱走四五袋。

我们一边看着这座"小山"消失，一边兴奋地教着那些不会喝汽水的同学，李念自己买了一袋，一边喝，一边亲自示范。我凑上去，喝了几口，如清泉。

我突然意识到，这样的包装很适合与朋友一起喝。

三个人，四个人，围成一圈，你一口，我一口，然后满眼急切地催促："快点儿，该我了！"

那几袋汽水，仍在被抢夺中。放眼望去，人流熙攘。

这应是人生中最难忘的跳蚤市场啊！

色彩斑斓的初中生活，我记住了声声吆喝。

指尖跃动的三月

迎着三月的春风，踏着脚下苏醒的大地，我们用欢笑，迎来初中第一次劳技周。

抵达目的地服装职高后，稍做休整的我们，如鸟儿般雀跃着，三五成群地找指定的教室，望着眼前成片的工具、纸条，有一些莫名的兴奋，好奇地四处张望，眼中尽闪烁着光芒。

老师介绍了衍纸的做法，下发了工具，我们按捺不住激动的心情，小心而又急切地拿起衍纸笔，手轻轻颤着，将极细的衍纸条卡在凹槽中，照老师的做法依葫芦画瓢，卷成一个卷，再用木棒儿涂点儿白色胶水，在纸卷的末端，轻轻一按，捏出各种形状来。眼睛状的，水滴状的，猫眼状的，波浪状的，叶状的。

这些稀奇古怪的形状，都是由一个圆形纸卷捏出来的。一按，一捏，再一挤，可爱又精致的图案就在我们的手指下诞生了。

鸟儿在窗外轻鸣着。我们哼着小曲儿，一点一点，做出满桌的奇形纸卷，仿佛一切的悲伤、急躁，都与我们无关。在那时的世界里，恐怕只有纸卷、衍纸笔，以及我们。耳边只听到沙沙的轻响。

岁月静好。

老师喊下课，让我们休息。我们才一边叹息着时间流逝得那么快，一边活动着僵了的四肢。我懊恼地看着手上因失误沾上的白胶，却不愿起身洗掉，转身又投入了衍纸制作中去了。

我们本次任务是完成一个莲花挂件，一共七层花瓣，每层八片。我已经完成三层，最难的是第四层。

我裁出二十四条粉色衍纸需要的长度，一个一个卷成极小的水滴形卷，这需要极大的耐力和专注力。直到放学，我也没有完成第四层的包边任务。

我不舍地放下手中的工具，向校外走去，想到明天还能做一天的手工，似乎天空的乌云都淡了。

我期盼明天赶快到来。

奔跑的四月

回首四月,似乎都在奔跑中度过。

四月还只是晚春。火辣辣的太阳似乎早已经燃烧起来。天气热得让人有些无法忍受,但是该来的还是来了——

大课间的跑步。

还未开始跑,大家似乎就已经没了精神。个个垂着头,最捣蛋的几个男生也没有了动静。音乐响起,我们便闷头向前跑着,双腿无力。一旁体育老师的话好似泼了我们一桶凉水——"这么乱的队形,是不是想扣分!"

大家连忙调整步伐,几个同学咬着牙赶上队伍。在体育委员的调整下,全班以一个方阵,"惊险"地从值周班长的眼皮底下安全通过。

跑完两圈,大家都开始叉着腰,气喘吁吁,擦擦额头上豆大的汗珠,调整呼吸,听值周班长汇报:"703、706、709、711,表扬队伍整齐!"在热得头脑发晕的世界里,我们敏锐捕捉到这一些字眼,脸上挂着欣喜而略带诧异的笑容，拼命鼓起掌来。

记得我们披着夕阳，与朋友一起并肩冲刺；记得我们坐在教室里，粉笔敲击黑板的声音分外清晰；记得我们为"史上最短的学期"忙得焦头烂额；记得期中考试后的春游，我们同样在烈日下，笑着飞奔。

阳光再猛烈又如何？青春的赛场上，我们从未停步。

舞台上度过的六月

毫无防备地，六月就这样在紧张的学习中悄然来临了。我们一边对付着各种知识点，一边抽出时间，忙中偷闲排练着我们的"经典咏流传"节目——《将进酒》。

第一次排练只有半个班级，声势却浩大无比，引得路人驻足观看。六月一日十点还差三十分，我已经化好淡妆，飞奔向林老师的办公室。因为有主持任务，我无法坐在台下和同学们共度"六一"，但我也加入了齐唱小组，缺席这样的大型活动，未免太可惜了。

完成了我前期的主持任务，我丢下稿子，心系着班级，绕一大圈飞奔到后台,主唱们早已穿好飘逸的古装,跳街舞的男生们,都身着闪亮炫酷的街头篮球服,戴上墨镜,别提多帅气了。

"陈王昔时宴平乐,斗酒十千恣欢谑",主唱们宛转悠扬的歌声飘入后台。齐唱的同学有一些着急地探着头,等待着,等待着……

轮到我们上场了,我们微笑着、推搡着、催促着前边的同学快一些走……

我们洋溢着热情的笑,引吭高歌起来——

五花马,千金裘

呼儿将出换美酒

与尔同销万古愁

虽然只有几句话,但是我们依然嘹亮高歌,连那些五音不全的男生都在卖力歌唱。

与尔同销万古愁

与尔同销万古愁

我们似乎听不见台下雷鸣般的掌声，笑容留在我们的脸上。我们的心在奔腾，在呐喊。

直到我们回到班级，蜂拥抢光家委会买的雪糕，大口吃着甘甜的西瓜。我们的心里，仿佛歌还在循环。我们笑着，跳着，为这自编的舞蹈。

我们的心里，仿佛下了一场酣畅淋漓的大雨，那么舒畅，那么坦荡。

学校食堂那些事儿

从小学升初中，许多东西都发生了变化。最大的感受是，小学吃了六年的盒饭，初中可以吃上食堂饭了。

饭前十五分钟的自习，怕是一天中最煎熬的。上了半天的课，早已是饥肠辘辘，肚子也抗议起来，又想着今天有哪些菜，喝酸奶还是鲜奶，这么一来，哪里还有心思写作业。我们的目光早已在挂钟和副班长的脸上徘徊许久了。副班长看准时间，大喊一声："吃饭了！"大家丢下作业，一窝蜂跑了出去。

以风的速度,冲到食堂排好队伍,为自己队伍人少窃喜,又或者为排长队郁闷,伸长脖子,看电脑屏幕上的菜名。

"蚂蚁上树是什么菜啊?"

"不知道,我要尝尝看。"

"哦,那我就点2,4,5好了!"

"我要1,3,5!"

经常是这样的对话。打完菜之后,要为食堂某个阿姨太小气,或者某个大伯很大方嘀咕上好一会儿,才肯开始吃。

细嚼慢咽了好一会儿,快吃完的同学表情也有所不同,有的满足地笑着,满嘴还塞着菜;有的满脸苦闷,思忖着剩下这么多菜,怎么才能过检查这一关;有的抱着必死的决心,在值周班同学面前,拼命往嘴里塞菜,仿佛要哭出来似的;有的懊恼着,自己怎么点了一个不想吃的菜,板着个脸与面前的剩菜大眼瞪小眼。

出了食堂,手里拿着香蕉,抑或是橘子,抑或是酸奶,与好友手拉着手,回到了教室,笑声此起彼伏。

那食物的味道似乎仍然在嘴间弥漫。

3D打印，怎么爱你都不够

激动人心的拓展课选课啦！我抢到了"3D打印课"的名额。

好一阵寻找，我终于找到了盼望已久的3D打印室。两人一组，一共九组。打开电脑，点开软件，四周一片热闹景象。有玩电脑的，有新奇地张望四周的，还有热火朝天讨论着的。我按捺不住心头的激动，看着材料清单上许多要准备的物品，心中有些惊异。天哪！这么多？正惊讶着，颜老师踩着铃声，笑盈盈走进来。大家很快坐好，仍控制不住地笑着交换眼神。

简单介绍这门课后，颜老师给我们观看3D打印的成品，看得我们连连赞叹，惊讶得连嘴也合不上了——大恐龙、小汽车、花瓶，还有巧克力！我们更激动了。颜老师指着展示台上的一个"自由女神像缩小版"，告诉我们："这就是你们的学长做的。"

哇！流畅的线条，逼真的造型，简直太厉害了！要是我们也能打印出这样的作品,那就太棒了!我们都赞叹着,也更加兴奋,更加期待了。

颜老师又从口袋里掏出一个硬币大小的作品,开口道:"你们知道这么小的一个东西,不算设计的时间,光打印要多久吗?"

同学们叽叽喳喳炸开了锅:

"20分钟?还是半个小时?"

"打印不是挺快的,十几分钟足够了!"

"谁说的,我看打印的话要打印大半节课呢。"

颜老师示意同学们静下来,她眨眨眼睛,把这个小小的作品举过头顶,开口道:"这个作品,要打印两个小时。"

两个小时?这已经是今天不知道第几次惊讶了。我们面面相觑,眼里透露出难以置信的神色。

参观打印机后,我们坐了下来,眼睛里闪烁着兴奋的光芒。

所有人都已经迫不及待了!仿佛一秒都等不了,还有七天,也太漫长了吧!

啊!我的3D打印课!你怎么就像磁石一般牢牢吸住我了呢?

争论真好

一次期末的《科学》模拟考,在下课铃声中匆匆结束。老师前脚刚走,我就蹦起来,问同桌:"选择题的第四题选什么?"

他愣了愣,吐出一个字母:"D"。

"啊?怎么会是D,不是C吗?"我急得话也说不清楚了。毕竟是我用了半张草稿纸才算出来的啊。

他也有些急了,一把从抽屉里拉出草稿纸,双眉紧锁,又演算一遍,一边算一边念叨着。用完半张纸,他把答案推到我面前。

这可不就是D的选项吗?我话都说不出来了。一把抢过笔和纸,算出了C的答案。

他看得下巴都要掉了似的,扯了扯嘴角,双眉打结,结结巴巴地问我:"我的天啊,不会吧,明明是单选题呀。"

我不信,一把拉过旁边的李念。

就不信"学神"也出错,我这样想。

在"学神"说出答案是D之后，我又挥笔给她算了一遍我的过程。算到一半，她打断我，冲着我说："哎呀！不对不对！你这就错了吧！你想，从微米到毫米，进率是一千，对吧？"她顿了顿，马尾辫一晃一晃的，像一条灵活的鱼。她吸了一口气，接着讲："从毫米到米，又是一千，那么就是十的六次方啰！这样D就是对的呀。"她说了一大通，目光坚定地望着我，仿佛在等待我认输。

我不服气地对她讲："这么说，C也可以这么解释，那C怎么不对啦？"她看我还不明白，急得跳了起来。眉头紧锁了好一会儿，又提笔刷刷刷，算了两次，手一拍对我笃定地说："我肯定是对的，真的！"她"啧"了一声，接着讲："你笨啊！你看啊，用最简单的方法，移动小数点，不就做出来了吗？尽管你那方法也没有什么不对，但是我的方法是不是也可以啊？我们打赌怎么样，现在就去问徐老师！"看她急红了眼，我竟然开始怀疑自己。

突然传来一阵杂乱声，只见远处一男生拍案而起，大呼："第四题不选D，我名字倒过来写！"四周一群人围着，传来激烈无比的争论声。

"不选C选什么呀？你看我算的，有毛病吗？"

"没毛病！老铁！"

"就是C！"

"瞎说！就是D呀，你们都不行，这么简单的题都不会做。"

"哈哈哈……这儿有个选B的，哈哈哈……"

如今回想起来，与同学为了一道题争得面红耳赤，倒是全身畅快，走路带风。那些压力，仿佛在疯狂吼叫的时候，一泻而下。

哈哈，争论真好！

（该文发表于辽宁少儿出版社主办的《初中生写作》，入选上海科学技术出版社出版的统编教材《同步作文》）

为你欣喜

有时候，生活像一个调皮的孩子，恶作剧一般给你当头一棒，转眼之间却又笑着往你的嘴里塞棒棒糖，还特别甜，一下子就能甜到心里去。

英语老师要布置单词背诵了。我还有一些不以为然：

这么几个单词，背出来也就几分钟吧。我随意看了几眼，认为还算简单，就毫不犹豫地将这件事抛到九霄云外了。

直到听写的前面几分钟，我还是信心满满。但是，当老师报出第一个单词时，我的大脑瞬间一片空白，只能听到窗外热热闹闹的、愈发响亮的蝉鸣声，还有那油绿的香樟叶在风的轻拂下沙沙作响。

大脑如同被清空一般，我只得草草拼写几个凭直觉写出来的单词。很无奈地交上了本子。

当写着鲜红的"20"分的本子发下来之后，我的心瞬间沉到了谷底。我捏着本子，手在微微发抖。

第二个礼拜，我几乎疯狂了。我一遍又一遍背着这些看似简单的单词。每一个单词都被我嚼烂，咽进肚子，甚至还不放心，又重新回忆好几遍。

草稿纸密密麻麻布满蛛网一般的单词，一想到那"2"和"0"，我就更加下定决心。

七天又过去了，我拿着听写本，坐在座位上，捏着笔。这一次，我的心不再是悬着的了，我的嘴角带着微笑。

老师缓缓报出第一个单词，我脑袋里的某根弦立刻动了一下。我飞快地写下单词，心中窃笑着，甚至有一些期待，再快一些，报得再快一些！我无声地喊着。

如鱼得水一般,我刷刷地写着。蝉的低鸣编织成一曲动听的旋律。我飞快交上本子,心里痒痒的,像是有猫儿用爪子挠着我的心。

本子发下来的时候,兴奋和喜悦让我都不敢打开本子看,我屏息凝神!

1!0!0!

100分!我兴奋得快哭出来了!100!巨大的喜悦瞬间笼罩我,那三个鲜红的、跃动着的、闪着光的数字啊!你知道,我为你欣喜了有多久吗?

我抚摸着那两个圈儿,笑了很久。笑得很甜,很开怀。

佳处湖山忆漫游

游记

读万卷书，行万里路。请和我一起看各地风情趣事……

华山之旅

在华山脚下的"华山客栈"暂住一晚后,我们背着行囊向华山进发喽!

因为怕我们累坏,大人们决定先坐车到索道站,再坐索道上去。上去以后爬两个小时的山,再原路返回。

坐上六边形的吊厢,我们个个都以新奇的目光打量四周。透过吊厢的玻璃,我们看见了连绵起伏的山脉,大片大片深色森林和蔚蓝的天空。

华山以"险"闻名天下,果不其然。许多山体都露出狰狞的白色石头,仿佛被劈了一刀似的。正当我们一个个惊叹不已的时候,"咚"一声,原来到了最高点的减速轮。只见我们的脚下,一条奔流不息的大河,咆哮着冲来。

终于到站了。我们兴奋地跳下车厢,热情高涨地走在前头。台阶十分陡峭,走的时候必须身体前倾,才不会让自己向后倒。台阶有些高,有些低;有些坑坑洼洼,有些十分光滑;有些凹进去,有些凸出来;还有的奇形怪状,各种各样的。我小心地走着。

走了许久,看见一段路,通向另一座山峰。栓子上拴着铁链,铁链上系着大小不一、形态不一的锁。这些锁都没有钥匙,因为有种说法,只要把写着"平安"二字的锁挂在铁链上,就锁住了平安,寓意永远"平安"。

我们气喘吁吁地走到了最高峰,包里的两瓶水早已被我一饮而尽。喉咙干得像要冒火,对于最高峰上十七元钱一瓶的矿泉水,我也不敢奢望什么。太阳火辣辣地烤着,汗水大滴大滴地滑落。我们在"华山论剑"石碑前留影后,匆匆地下山。

坐着索道,看着相同的景色,我一点也不厌烦。华山是怎么都看不够的。不愧为五岳之一——以险闻名的华山!

BiangBiang面

说起陕西名小吃,大家可能一下就想到的是:BiangBiang面!这个字,连字典里都没有收录呢!这"BiangBiang",可有来历了!

传说,一位贫困潦倒的秀才来到咸阳,路过一家面馆时,听到"BiangBiang"的声音,便走进去,痛痛快快吃了一碗热腾腾的面。吃完一摸口袋，坏了！没有带钱！秀才急中生智，问小二："你们的面叫什么面？""BiangBiang面！"秀才挥笔洒墨，写下大大的"BiangBiang"字。从此，BiangBiang面名震关中。

BiangBiang面，是陕西八大怪之一，因为宽如裤袋，也叫裤带面。去年暑假，我去了陕西，亲眼看到面的做法，还尝了BiangBiang面。

走进面馆，一个刚劲端庄、笔画分明的"BiangBiang"字就出现在眼前。我们一边感叹这个字的笔画之多，一边对店老板喊道："来六碗羊肉BiangBiang面，三碗牛肉BiangBiang面。"我们一共点了九碗。

大师傅便开始忙碌。只见他先拿出一大块面团，把它分成长条儿状，用手扯住两头，往板上一提一摔，动作干脆利落。霎时间，面团摔打成裤袋一般宽厚的好几块，扔进油锅里，然后拿出一个和脸盆差不多大的碗，往碗底放上一些豆芽、青菜，又用大勺往油锅里一捞，一大勺香气扑鼻的面入了碗。师傅一转身，从另一个锅里抓出熟牛肉和一点小葱，再用另一个汤勺往汤锅里一舀，里头是热气腾腾的油泼辣子汤。往面上一浇，然后端到我们面前。一碗面虽然只有一根面，可是量还是很足的。

我拿起筷子，夹起这一根面的一端，厚度如硬币一般，我咬了一大口，一股辣味儿"侵占"了舌尖。这面尽管又宽又厚，但是咬起来弹劲十足，十分美味。面条虽然沾上辣味儿，但仍晶莹剔透。

一根面条，就吃得我大汗淋漓，感觉饱得什么也吃不下了。

朋友们，你若到陕西去，一定要尝尝色香味俱全的BiangBiang面呀！

（该文入选浙江工商大学出版社的《明日之星》一书）

九寨沟之行

一来到九寨沟，我的感想就是：一、美。二、想睡觉。

为什么说想睡觉呢？主要是因为早上赶飞机起得早。但导游阿姨说不能睡觉，是因为睡觉以后高原反应会更明显。原本就头晕的我们赶紧一人喝了一杯价值100元的液态氧。

喝完以后，神清气爽。九寨沟之旅开始了！

一大早进入九寨沟的沟子里，呼吸着高原的新鲜空气，感到整个人都放空了。九寨沟的天气与成都的天气简直是两个极端。早上有太阳,却一点也没有闷热的感觉,清爽的风吹在脸上,渗入身体的每一寸皮肤。伴随着暖暖的阳光,我们坐上了九寨沟的观光车。

九寨沟呈"Y"字形,主干路上有风景,但最美的风景仍然在分岔路上。观光车将我们载到一条分岔路的顶端,我们一路观光下来后再参观另一条分岔。

箭竹海、熊猫海、金铃海……千万不要以为这些是海,虽然以海为名,但它们只是湖,而且是五彩斑斓的湖。

说到五彩斑斓,当之无愧的是"九寨沟一绝"的五花海,从它的名字就可以看出这一点。我承认,从没见过这样的湖。五花海很大,而且每一部分有不同的颜色。绿的,像一块无瑕的碧玉,清澈透亮;蓝的,特别扎眼,不是天空的蓝,而是一种亮的荧光蓝;蓝绿交融处,仿佛它一开始就是这种蓝绿色,极其自然,一点也不觉着生硬。整座湖似乎就是一块渐变色的翡翠,美得让人不忍在它上面雕琢。那些卧在湖中的树木,更像是生来就卧在这里,一直到现在。

九寨沟必须去的,还有"珍珠滩瀑布"。刚一走近,凉凉的、极其小的水花儿,就飞溅在我身上,更添一股凉意。瀑布很宽,但水依旧飞奔而下,拍打在一块块石头上,溅起水花,又落下去,依旧埋头赶路,仿佛对刚才的美妙画面习以为常。许多旅客一看到这壮观的大瀑布，立刻惊叹起来。是的，老版《西游记》中唐僧师徒四人走过瀑布的画面，在许多人心中已经留下不可磨灭的印象。那瀑布，便是在珍珠滩取景的。

　　九寨沟美景众多，有些甚至无法用语言描述，只能默默在心底感慨大自然的鬼斧神工了。

　　后记：回到杭州，知道九寨沟地震的时候，我竟没有感到侥幸，而是第一时间问：那些海和瀑布有事么？再后来，看到湖水干涸、清蓝的水变得浑浊不堪，我感到痛心。却又能说些什么呢？只能怪老天，将灾难降临在如此美丽的地方。只能在心里默默叹息，默默哀伤。这是多么美丽的地方啊！从今往后，难道再也不能变回去了吗？那些清澈、鲜艳的湖水，那些奔流而下的壮观的瀑布，就再也找不回来了吗？我不希望如此。我不希望，我们看到的九寨沟，会是最后的九寨沟。

赏重庆嘉陵江、洪崖洞

从凉爽的九寨沟来到有着"大火炉"之称的重庆,反差实在太大。我们刚下飞机,就感受到了一阵阵热浪,铺天盖地地朝我们翻滚过来。"大火炉"真不是白叫的啊。

夜幕渐渐降临,我们急匆匆买票赶往长江码头,登上游轮,开始了"长江、嘉陵江一夜游"。

游轮有三层,一、二两层的空调正徐徐送着凉气,可大多数人都排着队往三层赶。尽管热了些,但观光台看到的风景肯定更美。大家都搬了凳子,朝着江两岸坐下。我们还算早,占到一个好位置。过了许久,游轮才开始行驶。这时候,两岸还只是一些正在建设的高楼大厦,游轮慢慢悠悠行驶了一会儿,便看到了今晚要看的夜景。

两岸高楼上的LED灯发出明亮但不刺眼的五颜六色的光,或有节奏地一闪一闪,或不断更换着颜色让人眼花缭乱,或拼出了各式各样的图案。

游轮慢慢加速,我们又看到许许多多令人震撼的夜景,看到被华丽的灯光包围的一座座大桥,看到"渡江缆车",

缆车的线隐没在黑夜中，只看到一个发着光的长方体缓缓向对岸移动，我一开始被吓了一跳。回过神来才恍然大悟。太美了！我们不住地赞叹。这时，游轮开始缓缓调头进入嘉陵江，我们看到一个灯光异常艳丽的体育馆，不断变幻着柔和的光。

"看到了！快准备好！"

"啊，就在前面啊，快开相机。"

人群一阵骚动。广播里也传出了提醒的声音："游客朋友们，接下来我们看到的将是本次游览的最美丽的景色——洪崖洞。"

听到"洪崖洞"三个字，我立刻左顾右盼地寻找。游轮掉头完毕，我们这边恰好可以看到整个洪崖洞的美景。

在赞叹的同时，我当然没忘记用相机记录下来。洪崖洞并不是洞，它是最具传统建筑特色的吊脚楼，据说总面积有4.6万平方米呢！这些吊脚楼高低错落，参差不齐，却有着它独特的美。整个吊脚楼群楼同样有灯，而且整齐划一地全是金黄色，颜色绚烂又透着一点点神秘，看上去一大片全是金灿灿的，在水中的倒影也泛着金光。洪崖洞看起来历史悠久，但在最高的楼顶竟设有餐厅和咖啡店，这让我惊诧许久。

在洪崖洞旁，我感觉到游轮行进的速度特别快，还没欣赏够呢，便过了洪崖洞，许多人都惋惜地叹着气。要是能让我多看几眼该有多好哇!可游轮早已开过,我回头望望,只能依稀看到金色的倒影了。

回途的路上,我再也没有心思看LED灯了,因为我的眼前一直闪着那种鲜艳而又神秘的金光。

走过·雨巷

是了,这就是我去幼儿园必定走过的巷子了。一走,就是四年。这巷子似乎还隐藏着些许有意思的玩意儿,但是现在想来,似乎记不清楚了。

解开记忆深处缠绕的乱麻,拨开朦胧的轻纱薄雾,时光如倒退一般,小巷缓缓地推到了我的眼前。她建得狭长,站在巷口似乎都望不到头,两旁颤颤巍巍的旧楼房,鼻子碰鼻子地四目相对,巷子上空电线纵横交错,老旧楼房的阁楼窗户上,垂着某户人家的衣服,随着风微微晃动,楼下或许是一家夫妻小店,一开就是几十年。

青石板路洼洼坑坑,高低不平,一下雨,路面上就泛着油光,青苔在此时此刻就显得格外有生命力,四处盛开,跳跃到我们的眼帘。对于像我们这些步履蹒跚又热衷于奔跑的孩子来说，摔跤是难免的。我已经说不清曾经在这里摔过几次了，洒在小巷的青石板路上的笑声，也总是回荡在我的耳畔，有时偶尔会进入我的梦境。我记得，最入梦境的是我坐在爸爸的老式自行车后座，同班的或同园的同学遇到我，惊喜地唤我"嘉禾""嘉禾"，声声入梦。

我四处凝神望去，那条青石板路，依旧不平坦，似乎失掉了往日青灰色的光泽，蒙上了一层层灰；那墙头的爬山虎，也不再像往日那般青绿，那般有朝气。因为屋里无人居住的缘故吧，竟显得有些干枯了，灰蒙蒙地在墙头趴着一片。

我一步一步地走着，步伐稳健。路人行色匆匆侧身超过我，我丝毫不在意。我依旧走我的路。

我向小巷深处张望，有一种说不清楚的感觉铺天盖地地向我涌来，我突然之间竟然有一些手足无措。

窄巷，旧楼，青石板路，老井，还有我。

我刹那之间明白，那种感觉是什么了。

那是一种旧时光一去不复返的感觉，友谊之路在这里留存，时光之路在这里流逝，带着一小点对成长的悲哀，以及对过往烟云的追念。

当我被这小巷拥入怀中的时候，这种感觉竟然如此强烈地在我的心头燃烧。

提着教师节的礼物，十年前的保安叔叔见了我，愣了一愣，居然叫出了我的名字："嘉禾！"听到如此熟悉的叫声，我恍惚了。在这恍惚中，我一间一间教室寻去，看到一个个或嬉笑或大哭的孩子们，我发现儿时的我又回来了！

记得那时，还来不及扒住井沿往下张望一眼，就被大人揪了回来，似乎还吓唬过我们"井里有妖怪"之类的话，这显然不足以震慑我们，我们还是会趁着大人不注意，跑过去看一看，手在井口摸一摸，而后心满意足地归去了；记得那时，我们吃过丰盛的早餐，笑着和好友招呼着，谈论昨天的玩具，展示着自己的涂鸦作品，当然毫不吝惜自己的欢笑；记得那时，我们吃完最后一粒米饭，同老师到户外锻炼；记得那时……

那是孩提时代最欢乐的一段时光了吧，小巷见证了这一切。

小巷幽幽，时光悠悠。

我拿着青春的钥匙，敲打着小巷的墙。

童年的时光在青石板路上流淌，印在小巷的时光胶片上。

在写这篇关于"小巷"文章的时候，我无意间找到了一份2001年4月7日的《杭州日报》。上面赫然写着：

"大塔儿巷"十号,就是那个"雨巷诗人"戴望舒的故居,也就是生活在那样环境中的人,才能写出那样的诗境,这种诗境成了后人辨识江南的标志。

原来,这么多年,我一直从皮市巷走到大塔儿巷,居然走的是一条诗人之路,《雨巷》之路。

我仿佛看到了,那个丁香一般的姑娘,撑着油纸伞,脸上挂着淡淡的微笑。

我又仿佛看到,那些蹦跳着的孩童,踏着坑坑洼洼的青石板路,目光闪烁地向我跑来。

(该文获第二十届"语文报杯"全国中学生作文大赛预赛二等奖)

新年,新年

(一)

在凌晨的薄雾与朦胧的鞭炮声以及长辈们悄无声息但有条不紊的准备中,"谢年"仪式正式到来了。家里上上下下角角落落都被打扫得干干净净，门上、窗户上都贴上了窗花或者是"福"字。大门早已敞开，一盘又一盘的佳肴依次端上大圆桌，白斩鸡、红烧肉、蔬菜和各式各样的零食、点心以及水果，摆满圆桌。我们被长辈硬生生催着起了床，在凌晨三四点的朦胧月光中打着哈欠穿戴整齐。

长辈们按辈分年龄早已依次朝大门方向拜了拜，轮到我们小辈了，我们便像模像样地走到堆着纸元宝的圆桌前，朝着敞开的大门慢慢拜了三拜。行完了礼，我们坐在椅子上，打着哈欠却不敢发出半点声音。听着别人放着鞭炮，我们等待着，等待着。坐到大约六点钟，我们终于被允许去玩耍了。于是刹那间，一个人都寻不到了。

但这快乐显然是短暂的。中午十二点，桌上换上了新的一批菜肴，门依旧敞开着。这便是"祭祖"仪式了，与"谢年"仪式并无什么大的不同之处。只不过祭祖过后，我们便可以毫无顾忌地敞开肚子吃喝了。长辈们说着"这是供过的，多吃些"，一边把菜往我们碗里夹。奶奶还会念叨着，嘉禾读书认真哦，多吃一点学习进步哦……我也笑着点着头。

在农历的日期上，这才算开始过年了。

（二）

过年过年，必不可少的当然是——

看"春晚"！放鞭炮！

热闹丰盛的年夜饭过后，桌上摆上了坚果蜜饯、水果饮料等，离"春晚"还有一个小时的时间，我便一一给我幼儿园、小学、初中的老师发了新年祝福，爸爸也开始在各种群里问候亲朋好友。奶奶更是掏出了老旧的号码簿，用座机向以前的挚友表达问候之情。全家，都洋溢着过年的喜悦。

时间一到，像是有人按了静音键一般，全家自动安静下来，好几只眼睛齐刷刷望向电视机屏幕，甚至有些屏息凝神的感觉在里头。

春晚，依旧是那么的热闹、喜庆。一个大舞台，四个分会场，数千号人，辛苦排练数月，就为了最后的呈现。这么一想，便怀着颇有些郑重其事的心态观看春晚了。

若是小品节目，全家便会爆出一阵狂笑，但这多半来源于我和姐姐。当然有几次，连不苟言笑的爷爷也笑了笑。欢乐在我们之间蔓延，穿透我们的心。

若是遇上些新奇的节目，比如周杰伦的《告白气球》，便会引发大家一阵激烈的讨论，奶奶缠着我们问个究竟，然而我和姐姐讨论了半天，依旧一头雾水。人是如何消失的？又是怎样变成气球的？我们只能瞪大眼睛惊诧地望着电视屏幕。若是歌唱节目，爸爸还会跟着唱上两嗓子。若是遇上有些深度的节目，妈妈还会点点头夸赞几句，果然职业病是改不过来的啊。

时间飞速流逝,转眼就十一点五十八分了。我和姐姐嚷嚷着要放鞭炮迎接一下狗年,于是姑父、爸爸、奶奶便跟随我们到了屋外。

清凉的风吹得我们睡意全无,忙按下打火机将鞭炮点燃。这种鞭炮不大,像一根棍子,可以捏在手中将鞭炮发射出去。尽管我们很清楚,这一定不会有多壮观,也不会发射得有多远,但我依旧兴奋地将它指向天空,等待着,等待着。

"啪",第一枚鞭炮发射出去了,在不远处的低空炸裂,在黑夜的衬托下,闪出自己最耀眼的光。如约而至的第二枚、第三枚,都发射得比较远。

我看着它们一个个炸开,嘴角却漾起了弧度。

新年快乐。

狗年大吉。

事事顺心。

希望,我和我身边的所有人,能在2018绽放、闪耀出自己所能绽出的最耀眼的光彩。

(该文获第十一届"文心雕龙杯"全国校园文学艺术大赛预赛一等奖)

国宝？活宝！

　　成都之行，终于在火车的呼啸声中拉开帷幕。坐了大约十五个小时的火车，我们终于来到盼望已久的成都！

　　第二天一早，我们踏上去大熊猫基地的路。才八点不到，熊猫基地还没开门，被设计成熊猫状的大门处早已人头攒动。我默默感叹，不愧是国宝，参观的阵势如此之大。别看来参观的人这么多，进入基地便不再拥挤，我这才有机会打量四周的环境。

　　早晨八点，阳光已有些刺眼，不断向我们传送着热量。身旁，密密麻麻都是高大的树，偶尔还会看到一片竹林。走在里面，连心都感受到一丝阴凉。还没走一会儿，便听到了熊猫尖尖的叫声，这让我们十分欣喜。循着路牌走，远远看到里面供熊猫玩耍的木架子和树上一团黑影，我们加紧了脚步。

　　这是我们看到的第一只熊猫！我掏出相机，可它似乎并不领情，像树懒一样趴在树杈上，手臂环着树枝，胖乎乎的大腿一晃一晃，懒洋洋地瞅着我们，一点儿也没有下来的意思。真是的，就因为太阳大点，就赖在阴凉的树荫下不肯走了，唉，这熊猫真是娇贵。

突然，人群里一阵骚动，大家纷纷拿出相机，我也循着他们的目光看去——只见另一只更肥一点的大熊猫缓缓地从树上挪了下来。啊！终于有给面子的了！我全神贯注地盯着它。它从树上挪到了地上，愣是停了好一会儿，才迈开短短的、黑黑的腿，慢悠悠、慢悠悠地朝我们走过来。看着它憨态可掬的模样，游客们都笑了起来。忽然，它迈开小短腿奔跑起来。我惊讶地发现，虽然大熊猫长得圆滚滚好似一个球，跑起来可还真快。

又循着标牌走了一会儿，这回被我们遇到一只刚起床的大熊猫。它没睡醒似的慢步走来。在看到自己的早饭——新鲜的竹子时，突然满眼放光，速度一下变快了。它心急火燎地奔向堆在地上的竹子，一屁股坐在旁边，挑了一根竹子，火速往嘴里塞。看它这架势，我都要怀疑工作人员是不是好久都没有让它吃东西了。它两只前爪握着竹子，歪着头，用嘴把硬硬的竹子皮扯下来，开始啃白白嫩嫩的竹子芯。在它以奇快的速度吃完一根后，又站起来，慢悠悠走了一圈，我们都以为它接下来会做点什么，没想到，它遛完一圈，换了个地方，坐下来又开始吃。吃得专心致志，吃得旁若无人。唉，这肯定是大熊猫界的吃货。

我们又向前走着。忽然，看到一个特别大的区域，里里外外围着许多人，都举着相机狂拍。我好不容易占据高处，踮着脚往里看。呀！才一岁左右的大熊猫！我兴奋极了，目不转睛地盯着看。熊猫宝宝们也是很配合，在叶子里打着滚儿，时不时慢悠悠爬上滑梯的高台玩耍一番。有一只熊猫宝宝走到一眼小泉边上，昂着脑袋短短地叫了几声，似乎很得意自己找到一个避暑的好地方。可这么一叫，引得另外两只熊猫宝宝前来"观看"。这么一来，先找到泉眼的小熊猫开始紧张了。它加紧步伐奔向自己的"澡堂"，此时半路却杀出个程咬金，直接堵住了泉眼的入口。它自然不服气，冲着后来的熊猫叫，同时用头顶那位"不速之客"，却反被一巴掌扇得倒退了几步。它晃晃头，铆足了劲儿，冲向那只堵住泉眼的小熊猫，正好把它撞进了泉眼里。泉眼好似为那只熊猫定做的一般，刚好合身，再也容不下第二只了。

先来的小熊猫恨得牙痒痒，却又没有办法，只好爬上高台郁闷去了。看到这一出精彩的"熊猫争'澡堂'"，游客们都笑得前仰后合。

呀！大熊猫真是名副其实的国宝，也是名副其实的"活宝"啊！

（该文发表于《都市快报》"爱写作的狮子"版）

家 在西湖烟水东

家事

这是我对生活、对家人的观察。瞧,我们是多么温馨的一家人!

家：不断的光源

家,就像是温暖的港湾,随时向我们敞开怀抱,让漂泊无依的我们微微驻足,才能在稍做休息后继续风雨前行。

是的,家能够给予我们温暖。那一年,六年级上期末统考冲刺阶段,那段时间我们被折腾得身心俱疲,每天下发的一张张卷子,一个个鲜红的分数,都不断提醒我们要努力。那是一个烦闷的下午,我坐在桌前与卷子斗争。忽然,电话铃声响了,音乐是那么欢快,我疑惑地拿过手机。"是奶奶的电话?"奶奶打来电话有什么事情吗?我眨眨眼睛,接过电话。"喂,奶奶?"

"嘉!"我听到奶奶带笑的声音。

"什么事情,奶奶?"

电话那头的奶奶笑了,说道:"知道你现在很忙,所以前面两周都没有打电话过来。"奶奶停顿了一下,我听出她的语气中带着一点小心翼翼。

不等我回答,奶奶顾自往下说:"最近还好吧?别光顾着学习啊,这几天老下雨,包包里要放把雨伞,淋雨要感冒的，数学多少分啊？"她停了下来，显然在等待我的回答。我笑了，心里仿佛住进了太阳一般温暖。我回答说："好的，好的，数学98分。"

电话那头的奶奶又轻轻笑了，我仿佛看见她嘴角上扬，眼角含笑的样子，只听她笑盈盈地说："还不错呀！"忽地，她的语气变得严肃了："嘉，奶奶和你说哦，试卷做完后，要多检查几次，不应该错的题目丢了分就太可惜了！"奶奶的声音没有停下来。我笑了，眼前是奶奶弓着背、微微皱着眉、絮絮叨叨嘴角含笑的模样。

忽的，心中那个小太阳慢慢融化，滑向身体的每一寸皮肤，一直滑到指尖，仿佛春日里，躺在草丛里沐浴阳光的感觉，那么真实。

过一会儿，电话那头的声音变了，爷爷操着带有方言口音的普通话说："嘉，你好好学习，你姑父给你买了螃蟹，还有小黄鱼啊，虾啊，都是你爱吃的，让你妈妈给你烧烧吃。"我的眼前浮现出爷爷兴奋的模样，我笑了笑，回答说："好的，爷爷。"

话说到后来，我竟然觉得嗓子堵住一般。

又聊了许久。我挂下电话，那存在身体每一处的温度久久不肯消退，指尖，也是暖的。

因为我们是一家人，相亲相爱的一家人。源源不断的温暖，久久无法忘怀。

我没有手机

我的烦恼，也许是大部分人没有的。我是一个"三无"人员——无手机、无QQ、无微信。

或许，你会说，这是一件好事呀！毕竟手机的诱惑无人能挡。可是在这样的时代，没有手机，真的很不方便，也给我带来不少烦恼。

小学时候，班级有数十个微信群，他们每日都讨论游戏啊，八卦啊，我都无从得知，只好用妈妈手机看一些新闻。

时光飞逝，一转眼到了初中。那一次，我去学生会开会，由于我是新成员，便有学姐来登记联系方式。记到我的时候，我愣住了——电话、微信、QQ！

我尴尬地干笑了几声，小心地开口："那个学姐——我，我可以写父母的吗？"那学姐挑眉看了看我，问道："你住校？还是手机被没收了？"我支吾着，在学姐注视下，我只好硬着头皮说："我没有手机。"

"那QQ呢？微信总有吧？"

我呆滞好几秒，然后说："都没有。"

说出三个字，仿佛用尽我的力气，尽管这不是见不得人的事情，但我当时真的很难堪。

学姐意味深长地看我一眼，有一丝同情，又带着些许为难，皱了皱眉，叹了口气，把表格推给我，开口道："那好吧，就写你爸妈的好了。"她顿了顿，又嘀咕了一句，"可是这样建了群真的很麻烦哪。"

我又何尝不知道。

我的好几个同学，无论是小学或者是初中，在我"逼迫"她们加了我妈妈的微信之后，不是对我设成屏蔽，就是删除。还记得小学时候，唯一用妈妈的微信账号，进入班级群，第一天进群，就刷了几十条。妈妈看到后，面带愠色地问我，你们在聊什么啊，这么闲吗？我苦笑了两下。

第二天，我找他们说，我妈妈还在群里呢，你们就不能聊得少一点吗？结果是显而易见——我被踢出了那个群。

虽然玩手机害处太多，但这样也让我和同学们隔着一层薄薄的膜。"唉，你知道吗，某某又更新动态了。好闲啊，天天出去玩儿。""前两天我跟某某视频来着"，每次听到这些，我只好默默地远离。

不知道是我变得太慢，还是时代变得太快？我无从知晓。虽然我的同学也不排斥我，但我的心里好似压着一块石头。一说起这些，心就往下压一下，直至我不再有任何妄想。

唉。

（该文发表于河北出版传媒集团主管的《快乐作文》杂志）

我的眼睛

都说"眼睛是心灵的窗户"，可一说到眼睛，唉！那我可有一肚子的话想说。

好像是三年级的时候吧，我说看黑板上的小字很模糊，爸爸便急匆匆地带我去医院，一查，近视！从此，眼镜这个"不速之客"便强硬地加入我的生活。

当时的我似乎并没有觉察到戴眼镜的不便，头仍然低得很低。用爸爸的话来说，就是"仿佛要把纸吃掉似的"。我自己也非常困惑，真奇怪，一开始，我总是把背挺得笔直，为什么到后来，就情不自禁地低下头去了呢？

更麻烦的是，我还特别爱看书。什么《明朝那些事儿》，什么《鲁迅青少年文学奖丛书》，我一看就是一个小时，而且中途还不愿意休息，沉浸在书海里难以自拔，总是等到爸妈提醒我注意眼睛，我才恋恋不舍地放下书。

这么一折腾，又一次去复查的时候，度数已经上升到100度。爸爸妈妈着急了，硬是给我请了一个星期的假，带着我去户外保护眼睛。那几天，我是开心了，但回了学校，光是作业就把我补得够呛。唉！

爸爸妈妈让我不管有没有作业，一下课就跑到走廊上望远。我没办法，但没坚持多久，便败下阵来。

到五年级，度数上升到200度，于是我又被迫做了一遍折磨人的检查，换上另一副眼镜。我盯着以前的照片深深叹气。那时，没有戴眼镜的我，多好！

没过多久，"救星"来了。原来，爸爸从他的朋友那里打听到，OK镜可以减缓近视加深趋势。于是我们又一次去了眼科医院。我在一个和气的医生叔叔那里查出度数，他在一张小纸条上龙飞凤舞地写些什么，便笑眯眯地递给我，"去门口试戴一下OK镜，把结果告诉那个阿姨。"我忐忑不安地坐下，只见阿姨拿出一个箱子，里面有各种各样的眼药水，有我曾经滴过的，也有我未曾看见过的。阿姨又拿出两个透明的小盒子，先洗了洗手，然后滴了几滴水在手心里，把两个半圆的、透明的小玻璃片小心翼翼地从盒子里取了出来。那应该就是OK镜吧，我思忖着。阿姨把OK镜用水浸湿，再从箱子里挑出一种眼药水滴了几滴在两个OK镜里。这时,这两个镜片就像两个盛满汤的小玻璃碗。

"来,眼睛睁大!对了。"阿姨轻轻地扒开我的眼皮。我十分紧张,眼睛不停地眨。"来,看我的手,好,不要动了哦。"我乖乖直视前方,心跳很快,仿佛要从嗓子里蹦出来一样。阿姨的手轻轻一按,一推,OK镜戴好了。这么快?刹那间,视线清晰很多。

"去走一圈吧,然后回到你的医生那边。"我站起身,一边走一边眨巴着眼睛,好像眼睛里被什么东西罩住一样,特别难受。这么一来,看东西就和戴着眼镜一样清楚。

太好了!我喜滋滋地想。医生叔叔说,只要每个晚上都戴着OK镜,早上起床时摘掉它,白天就不用戴眼镜了,而且与戴着眼镜一样清晰。耶!终于可以和眼镜说再见了!

我高兴得几乎要跳起来。

可是,在我美美地想不戴眼镜的N种好处时,一道晴天霹雳打了下来。"你不太适合戴OK镜,因为你有干眼症。如果坚持要戴的话,会有一定风险。"

"啊?怎么会有干眼症的?以前都没有查出过啊。"妈妈很奇怪地问。

医生耐心地解释说:"因为季节的原因,以及平时不太喝水才导致的。"

说到这儿，我的脸红了。啊，没想到平时不喝水还不能戴OK镜！那我不是永远都要戴着讨厌的眼镜了？

医生叔叔仿佛知道我的心思，笑盈盈地说："只要多喝水，每天滴三次我给你的眼药水，干眼症还是有可能治好的。"我松了一口气，二话不说地夺过水杯，"咕咚咕咚"地喝了个光。我擦擦嘴，下定决心：我要治好干眼症。我要戴OK镜！我要和讨厌的眼镜说再见！

于是，不知为何，我变得无比自觉，每天早上起床先滴眼药水，再喝水，坐姿也变得挺拔，看几分钟书便休息一会儿，眼保健操也做得很认真……

我也不大清楚，是什么力量使我变得这么自觉。也许是打心底不想戴着厚厚的镜片走来走去，不想成为没了眼镜就没法正常生活的人吧。

我希望，能让这扇心灵的窗户变得明亮、清晰！

（该文为参加全国"新作文"大赛的现场作文，由著名作家毕飞宇命题）

眼神的力量

在我的记忆中,外公的眼神总是淡淡的,如一汪深不可测的潭水,让你看到自己的倒影。当他直视着我,用一种惋惜而又决绝的语气说:"你这棵树长歪了。"我感到我的心沉入了冰冷的潭底。

但是,似乎到了表妹那里,情况就变得迥然不同。那一汪潭水似乎被扔进了一颗小石子,抑或是笼上了一片阳光,泛起层层爱的涟漪。我惊讶于我的发现:外公看她的眼神总是那么慈爱,总是微笑着,拉着她的小手,到楼下散步,但我却从来没有享受到这种待遇。

记得那个夏天,外面下着倾盆大雨,仿佛要把地面砸出小孔,由于父母上班,我早已放假,外公不得不从老家赶来照顾我的生活。那一次,我们撑着伞,钻进一家面店,在弥漫着尴尬气氛的雾气中,各自点了一碗面,相对无言。

我埋头吃面。没有去看外公的脸,我尝试着说一些什么,于是小心翼翼地说:"外……公,我这次考试……班级第二。"

时间似乎静止了。

眼镜由于面条的热气，蒙上了一层薄薄的水雾。我略微抬头一看，看到外公花白的鬓角与眼角的皱纹，我透过水雾，找寻外公的眼神。

外公竟呵呵笑了，嘴角微扬，双手搓弄着打火机，用掺杂了方言的普通话生涩地说道："第二名啊……第二名好啊。"

随即又喃喃自语道："第一名是谁啊？要向她学习，下次做第一名。"

换作平时，我那热情会被扑灭了吧？

但那时的我，并没有。因为我欣喜地看到——那双如古潭般沉静的眼眸，为我染上了光亮，为我泛起了涟漪。

我埋下头吃面。外面的雨是不是小一些了？我思忖着。

往事如潮水，铺天盖地地将我淹没。

外公为我们准备了一桌子的菜肴，抢着为我们搬一个个沉重的行李箱，为我们能吃上最时新的杨梅，从余姚老家赶来又急忙回去，每一年都如此，看着我们狼吞虎咽，外公抽着烟，露出满足的神情。

我想起外公的笑，那样爽朗，那一汪潭水仿佛在流动。

我抬头，对上外公含着笑的眼睛，又是那平淡如水的眼神，但是我从里面读出了天塌下来也平安无事的力量。

我想,外公是爱我的。这种爱,脱离了语言,脱离了一切。眼神的力量,在每一次无言中凝聚。

我看到他那平静如水的眼神时,我明白过来,外公是爱我的。

忘了打电话

每每放假回到老家,当看到那扇沉重的铁门,就会回忆起那一些沉重的往事。迷雾层层散去,它正一点一点展现在眼前。

那一年暑假,爸爸妈妈都加班留在杭州,外公将我接回老家,我兴奋得不得了,妈妈在电话里的叮嘱也只是草草敷衍几句,便意气风发地出发了。

到了余姚后,我便肆无忌惮地玩耍。有表妹在,便有玩不完的游戏,说不完的话,还有看不完的书,简直让我高兴得飘飘欲仙,乐不思蜀了,早已经把爸爸走之前叮嘱的"每天给我们打电话"抛到九霄云外去了。

直到第四天,外婆与妈妈通话时,我才一拍大腿反应过来。几乎是跑着去拿了手机,犹豫一会儿才拨了爸爸的电话，按下了通话键。

那几声"嘟嘟"声，漫长得好像过了几个世纪一般。手机在手中捏久了，沁出一层薄薄的汗来。终于，电话通了。

"喂？老爸？"我用小心翼翼的口吻说。

电话那头却毫无反应，顿了一会儿，才传来爸爸的声音："你还没有忘记打电话啊？"

我被这突如其来的话吓住了，支支吾吾了两句，爸爸先挂了电话。我听着"嘟嘟"声，懊恼地摔掉手机。

这时，窗外的鸣蝉吵吵闹闹的，直直地传入我的耳朵，空气也似乎越来越燥热，我感到越来越烦躁，便赌气将手机关机了。

接下来的几天，我一直赌气不打电话。回家的前一天，我隐隐约约意识到，我这么做不太好，但现在才意识到，显然晚了。

披着月光，我怀着沉重的心情走进家门，没有想象中劈头盖脸的责骂，爸爸妈妈与我心平气和地聊了聊。原来，给他们打电话只是表达内心思念的一种方式。我垂下了头。聊天后，我们一家人又其乐融融了。

思绪被开门声拉了回来。外公外婆的微笑，妹妹的叫喊，小弟弟的奔跑，全向我涌来。

我笑了，我们是一家人啊！

美化《作文选》

下午，奶奶神秘兮兮地把我叫到她的房间里，拿出一本红本子。我翻开一看，第一页写着红红的、大大的几个字："我的作文选"，周围画有花丛，花丛边一只蝴蝶正在翩翩起舞。翻开第二页，哇！五张"小报纸"跃入我的视线。奶奶告诉我，这是她从报纸上剪下来的好文章，是牛通社的小记者写的。

我小心翼翼地剪下一篇篇好文章，再用固体胶仔细涂好胶水，然后再轻轻贴到本子上，压平，画上图案，一本《作文选》编辑好了。我仔细阅读了一些文章，发现我的脑海里顿时多了许多好词好句。

我突发奇想，我能否把第一页装扮得更漂亮一些呢？

我就把报纸上画的一支笔和一瓶墨水剪了下来，怎么美化好呢？我灵机一动，把笔贴到"作"字翘起来的最后一笔上，看上去仿佛有人刚写好"作"字。墨水呢，我就把它贴在左下方，因为笔要吸墨的呀。怎么样？很有创意吧！

我要谢谢奶奶,因为《作文选》可以提高我写作文的水平。

这本《作文选》,让我爱不释手!

藏在记忆深处的童年

依稀记得,有这样一条巷子,深埋在我记忆深处。解开脑海中缠绕的乱麻,拨开那朦胧的轻纱薄雾,时光如倒退一般,就这样展现在我的眼前。它建得狭长,站在巷口朝里面张望,似乎看不到头。也许是因为太长的关系,它显得特别窄,两旁颤颤巍巍的旧楼房,鼻子碰鼻子地四目相对,白墙黑瓦,窗口或许还垂着某户人家的衣服,随着微风轻轻晃着。

但是我们——包括我在内的一些孩子,或许从内心深处,是不怎么喜欢它的。因为它过于洼洼坑坑,高低不平,着实让人烦恼不已。大人经过倒也无事,只是像我们这些步履蹒跚,又热衷于奔跑的孩童,是必然会结结实实摔跤的。这么多年来,我似乎已经说不清在这儿摔跤过几次。

是了,这就是每日我去幼儿园的必经之路了。在尚稚嫩的印象中，巷子似乎还藏着些许有意思的玩意儿，但是我似乎记不清楚了。

直至四年级重返幼儿园看望老师的时候，它才在我的脑海里渐渐清晰起来了。站在巷口，向里面张望。当我再一次站在它面前时，有一种说不清楚的感觉，铺天盖地地向我涌来。突然之间，我竟然有些手足无措。

秋风轻轻拍打着我的后背，似乎在鼓励我向前走。

慢慢地，慢慢地，我走出第一步。感受脚底的凹凸不平，我的心平静下来，细细打量这位阔别多年的老友。这里没有耸立的高楼，没有喧闹的喇叭声响。这里只有秋风拂过的声音。老老的窄巷，坑洼的石板路，以及我。

此时无声胜有声。

我四处张望着，似乎想起一些什么。那条石板路，依旧不平坦。似乎失去往日青灰色的光泽，蒙上一层灰；那墙头的爬山虎，也不再像往日那般青绿，那般有朝气。因为无人照料的缘故，竟然显得有一丝干枯了，灰蒙蒙地在墙头趴着一片。

视线一转。啊！是那口井！儿时的回忆似潮水朝我卷来。

那时的井，不像现在布满枯藤，里面似乎还有一些水，灰黑而浑圆的造型吸引我们的目光。记得还没有来得及扒住井沿向下张望一眼，就被大人骂着揪了回来。似乎还吓唬过我"井里有妖怪"之类的话，显然，这不足以震慑我们。我们还是会趁着大人不注意，跑过去多看一眼。手在井口摸一摸，而后心满意足归去。

我一步一步地走着，有一些幼稚地想，会不会再跌一跤呢？

显而易见地，不会了。

那时我已经长得很高了，步伐也十分稳健。路人行色匆匆，侧身超过我，我丝毫不在意，依旧走着我的路。

老巷、旧楼、石板路、井，还有我。

刹那之间，我明白那种感觉是什么。

怀念、感慨，抑或带着一小点对长大的悲哀，以及对过往的缅怀。

我不太明白为什么会有这种感觉，但它确实出现了，当我被这老巷拥入怀中时，它如此强烈地在我心里燃烧。

走进幼儿园，翻天覆地的变化，并未出乎我的意料。毕竟，时代在改变。

当我路过一间间教室，看到一个个或嬉笑或大哭的幼儿时，我竟然从中发现我的身影——

记得那时候，我们吃完丰盛的早餐，笑着和好朋友招呼着，谈着昨天的新玩具；如今，我们在车上结束早餐，匆匆赶到学校,马不停蹄地开始早读。记得那时,我们分享手中玩具,展示自己涂鸦作品,毫不吝惜自己的欢笑;如今,我们与书本为伴,同考试斗争,放眼望去,尽是文字数字。记得那时,我们吃完最后一粒米饭,跟着老师到户外锻炼;如今,我们为满分拼尽全力,做着蛙跳,练习深蹲。记得那时……

那是,孩提时代最欢乐的一段时光了吧。

这样想着,我竟然开始羡慕起这些孩子们了。见到老师的时候,我突然有一些恍惚,仿佛若干年前第一次与老师见面。

后记:原本以为,它只是一条被世人所遗忘的老路。不曾明白,它竟承载着我的初心,以及我沉甸甸的童年。

(该文获第十三届全国青少年冰心文学大赛预赛一等奖)

别样冰激凌

夏日炎炎。我与许多同学一样,热衷于买各种冰激凌。

但有一支冰激凌,却始终甜在我的舌尖,甜在我的心田。

多年前的夏天,太阳无情地炙烤着大地,誓将炎热传进每一丝空气。连树上的蝉儿都不再高声鸣叫,只是虚弱地趴在枝头。我与好友攥着从大人那讨来的十元钱,一路雀跃地奔进冰激凌店。出来时,两人各自手握一支圆筒,十元钱正好用尽。

我们迫不及待地撕开包装纸,舔着冰激凌球,似乎整个世界都变得舒爽清凉起来。

当我们沉浸在冰激凌美味中时,忽地,一辆鸣笛的电动车呼啸而过。我心里一惊,连忙后退。倒是安全躲过了,但我的冰激凌球连同上半个甜筒,就这样脱离地心引力,在空中划过一道弧线,残忍又果断地掉在地上。我看着这一地狼藉,又看着手中剩余的一小截甜筒,呆呆地,大脑里一片空白,似乎忘记了该做些什么。好友与我一起看着,两个人呆立在那里很久,忘记哭号,忘记烈日,忘记一切。

直到地上的冰激凌全部化成一摊彩色液体,她才回了神,拍拍我的肩膀,有一些笨拙地安慰道:"好了,不就是一个冰激凌嘛!你看,你手里还有半个,我这儿——"她举起手中正在向下流淌的冰激凌,"也还有大半个,加起来还有一个呢,我的冰激凌给你吃一半儿。"

我突然惊醒过来。是啊,我们还有一个冰激凌。"而且我们换着吃的话,还有两种口味呢!"我笑了,对她说道。

"就是",她笑眯眯地凑过来,啃了一口我的冰激凌,抹了抹嘴,对我说:"来,啃一口我的冰激凌,巧克力味的,可甜啦!"

我将头凑过去,轻轻抿了一口。浓郁的巧克力味一下子冲进我的口腔,甜味混杂着冰凉的气息,不断在我舌尖盘旋。

我们还有一个呢!我对自己说,还有一整个呢!

之后,每每想起这一件事情,仍旧有巧克力的浓香沁入心脾。

我看见生活的笑靥

这个九月,我成了一名初中生。迎面而来的,是日复一日紧张的中学生活,好不容易跟随大部队,顶着风艰难前行。每日到家,做完作业早已累得不愿动弹。

望望眼前,还有成百上千这样的日子呢。无力地叹息,转身又开始与书本斗争。

七点不到的清晨,刮着小风,下着小雨。天空似乎披上一层半透明灰色纱衣，朦朦胧胧的。我坐在去往学校的车上，睁着半醒的双眼，将脸凑近玻璃，端详眼前的景物。

雨不知什么时候停了，也许，已经有些时候了吧。那雨滴，那小小的、透亮的、闪着金光的小雨滴，从车窗玻璃的顶端，时快时慢，悄悄地，默然地，滑到我的眼前，又慢慢地不知去向。也许它滑落到马路上，又或许，它化成水汽飘上天空了吧。

我竟开始相信第二种猜测了。因为这时，我发现，出现了阳光。那片朦胧的乌云，也是那么缓慢，那么淡然地从太阳面前离开了。

我欣喜地发现，大地上的一切都不同了！清风将阳光带到每一个角落。在它经过的地方，不论小草，还是树叶，沙沙地，抖动着身体，将那些金光闪闪的露珠抖得微微晃动起来了。

路边花坛的小野花儿，数不清颜色有多少种了，它们似乎也在那一刹那间睡醒了。伸展着花瓣儿，向身旁的伙伴点个头，又朝向太阳。那全身的露水闪着淡淡的金光。鸟儿不知道什么时候也来凑热闹，宛转的声调让花儿、草儿、叶儿，笑得更加灿烂、更加动人！

当我走下车，背着书包迈进校园时，我感到从未有过的轻松。我向里走，值周的哥哥姐姐向我报以微笑。我也笑了，笑得很明媚，很爽朗。

在车上，那一个个瞬间，那些景物，那微润的空气，一切都是那么静好。我深信，那时，我看见了雨露的笑，阳光、微风的笑，小草、花儿的笑。

那一瞬，我看见生活的笑靥。

刻满爱的快递箱

生日那天，我和往常一样回到家里。地上躺着一只快递箱。奇怪的是，快递箱的长度很长。我把它抱起来，呀！真沉！这是什么呀？妈妈怎么会买这样长的东西呢？我很疑惑。

正思索着，突然，我想起来什么。

该不会是妈妈给她的学生买的礼物吧？她以前的快递箱都是小小的箱子，难道这次升级啦？

"哼，我过生日，妈妈却想着别人。难道学生比我还重要吗？"一股说不清楚的感觉涌上心头，失落、生气、难过。我气呼呼地把自己关在房间里。

不知内心波涛汹涌了多久，我慢慢走出房间。虽然不是买给我的，但是我也应该看看快递箱里是什么吧。

我俯下身体，看看粘在箱子上的快递单，不由呆住了。

"是滑板！"我惊叫一声。我想起来了，上个月我好像和妈妈说起，生日礼物要滑板。

我误会妈妈了！妈妈是前两天买的。这两天她正好出差呀，每天忙到1点才睡。我的心里很不是滋味。

门开了。妈妈走了进来，瘦瘦的身影，长发散散地披在肩上，眼神里满是疲惫。

"嘉，看到了吗？"妈妈笑眯眯地问我，嘴角满是温柔。

我重重地点点头。想起妈妈为我做的那么多，我鼻子一酸。

那一刻，泪水模糊了我的视线，我朝着快递箱望去，那只意义非凡的快递箱也变得模模糊糊。

（该文获浙江省第七届"小学生课内作文大赛"二等奖）

"说变就变"的爸爸

我有一个"说变就变"的爸爸。

爸爸的个子高高的，头发短而直，眼睛大大的。爸爸"说变就变"。一会儿还是"晴空万里"，不一会儿就"乌云密布"。

一个星期天的晚上。当时是19点45分。我好不容易弹完琴，从"地狱"里"活"过来了。作业也做完了。妈妈说："那你就去玩玩吧，就一个小时哦！"我高呼着"解放喽！"连滚带爬地去玩了。

还没玩一会儿，就听见隔壁传来爸爸的声音："别玩了！我们约定好要背古诗的！不能说话不算话！"我噘起嘴，不情愿地走出房间，背起了古诗。背古诗的时候，我经常背错，惹得爸爸哈哈大笑。他还不失时机地挠我的痒，我保持兔子蹬老鹰的姿势，爸爸就无从下手了。背完古诗，我们一看墙上的挂钟，天哪，20点30分了！只有15分钟就要睡觉了！我赶紧"争分夺秒"地去玩了。谁知，我的屁股刚碰到板凳没有几分钟，板凳还凉凉的，爸爸就板着一张"包公脸"进来了："时间到了！时间到了！再不睡觉，你的屁股就遭殃了！"唉！好像犯人放风时间到了，你说我可不可怜啊！

你看！你看！我的爸爸一会儿是一个"老顽童"，瞬间就变成了"大老虎"，让我又爱又恨！

（该文发表于中国优秀少儿报刊金奖《小学生世界》）

我的"跟屁虫"妹妹

我的妹妹七岁了,我喜欢叫她"伊伊"。那双黑溜溜的大眼睛让人喜欢得不得了。

让我烦恼的是,她总是喜欢当我的"小跟班"。她要当起"跟屁虫"来,就算我走到天边,她也像影子一样,形影不离地跟着我。

记得有一次,妈妈带我们去嘟嘟城玩。我们玩得很开心,还赚了许多"嘟嘟币"。刚挤进人山人海的商店,她的目光就落在贴纸上。她目不转睛地盯着贴纸,可怜巴巴地望着我,那眼神好像在说:"我好想要一张啊!"我说:"你要这个是吧?姐姐帮你买,好不好啊?"伊伊使劲点了点头。我拿了一张,拉着她,排在长龙似的队伍后面。快轮到我们的时候,她突然冷不丁地问我:"姐姐,你这个贴纸要吗?""我才不要呢,我又没用。"我心不在焉地回答。她立刻皱起眉头,嘟起嘴巴,凶巴巴地说:"那我也不要了!"我说:"你确定不要?""你不要我也不要。"伊伊嚷嚷道。我没辙了,只好说:"好吧,我也买,我也买。"

说着拿了两张,递给她一张。这下她才心满意足地出了商店。

这就是我的妹妹——伊伊,一个可爱而爱当"跟屁虫"的小女孩。

(该文发表于中华书局主办的《中华活页文选》杂志)

家有"萌"娃

十一放假回老家,走进门刚放下东西,我便急切地寻找那一抹小小身影。在一番寻找后,我终于瞧见了小家伙。他比上次见到时更加苗条了,不再圆滚滚的像个皮球。此时,他正被外婆抱着,小手环着外婆的脖子,不安分地转来转去,见到比较方便拿的东西,就整个人扑过去。拿到以后,便心满意足地在手上玩几下。若是实在无趣,就随手往地上一丢,又去寻找其他目标了。当然,众多物品中,也会有他心爱的东西,手里拿着永远不会扔掉。兴致高了,这位小爷还会把心爱之物放进嘴里慢慢品尝。

外婆看了时间,将豆豆小爷放在地上,让他自己去玩,转身进厨房泡奶粉去了。豆豆丝毫不慌乱,自己晃晃悠悠走到地上的席子上，玩起了球。似乎外婆泡奶粉的时间太久了吧。玩了一会儿，他就不耐烦了。又慢悠悠地站起来，呱唧呱唧地走到厨房，张着嘴哼哼唧唧，两只手乱挥着，眉皱起来了，咂巴着嘴，表示本小爷饿了。外婆边晃着奶瓶边哄他："乖宝宝，去躺好，外婆马上来了。"我还在疑虑躺好是什么意思，他又迈着小腿儿一晃一晃走回席子上。然后，猛地向下一扑，顿一会儿，才翻一个身儿。我被这模样逗乐了，他看着我，竟傻呵呵地张嘴"咯咯"笑起来，躺在席子上动着小手小腿，目光却诚实地朝厨房张望着。

外婆把奶瓶给他，一转身又走了。我还以为他会大哭，没想到他满足地用两手捧着奶瓶大口吸起来。吸了一会儿，似乎累了，这位一刻不安分的小爷便含着奶瓶四处张望着。一瓶奶，这么被他折腾，硬是喝了二十多分钟。

喝完奶，他又晃悠悠地站起来，乖乖把奶瓶放回桌上，又迈着小腿儿四处晃悠去了。

哎，关于我家可爱的小豆豆的故事，真是怎么也说不完，怎么也说不够，也许下次回老家的时候，他会变得更有趣、更可爱吧！

（该文发表于中国优秀少儿报刊金奖期刊，湖南省教育厅主管的《初中生》杂志）

稼

稼躬勤著诗书

多种体裁

敢想、敢写，不同文体的尝试，提升了我的文学素养，培养了今天的我。

眺望岛生存

迫降

我相信，这是我这一生经历过的最倒霉的旅行。

这一切都是因为几个小时前的那场灾难。

"请全体乘客和机务人员注意，我们的飞机遭到鸟群撞击，请大家不要惊慌，找到座位下的降落伞后，在机务人员的协助下跳伞！重复一遍。我们的飞机遭到鸟群撞击，请大家不要惊慌，找到座位下的降落伞后，在机务人员的协助下跳伞！"

刹那间，机舱里一阵骚乱。大家惊慌失措地找降落伞和自己的行李。我听到"跳伞"二字后，脑子一片空白。许久，才回过神，急忙把降落伞抽出来。跳伞？不会吧！这，这不是电影里才会出现的场景吗？

此时此刻，我心中生存的欲望被激发出来了。我系好降落伞，冲到刚打开的舱门前。往下瞟了一眼，我就快吓得昏过去了。这有多高啊！我有恐高症啊！

底下是一座岛。一座大洋中突兀的荒岛。这座岛,形似人,一个正在眺望远方的人。管不了那么多了,我心一横,眼一闭,跳吧,总比淹死在海里要好!

腿一用力,跳了出去。

没有人跟着我跳下来。

接着我看到,飞机开始往下坠。

乘客惊慌地尖叫着。可就是没有人敢跳下来。

风像刀子一样割在我的脸上。

快落地时,我忍着不适感,打开降落伞。

降落的时候,呃……我,我很没出息地昏了过去。

没错。这就是我经历过的空难。我降落在一片乱石滩上,浑身酸疼。我挣扎着站起来,环顾一下这座岛。这就是我在飞机上看到的那座岛吧。嗯,就叫它"眺望岛"吧。

在眺望岛上四处转悠了一会儿。太阳已升到头顶。中午,岛上又闷又热。我在乱石滩附近,找到一个小山洞。细沙铺在地上,格外凉爽。我躺在山洞里,想忘了这糟糕的一切。越想忘记,就越愤恨、烦躁,为自己的遭遇感到懊恼。真烦人,我怎么运气那么差,本想趁着暑假坐飞机去美洲找好朋友季程阳玩的,结果遇上这么大的灾难。唉,救援的飞机再快,也得几天后才来,我总不能就这么等死吧!

我努力起身,疼痛使我的动作格外缓慢。打开跳伞时

带的小背包,把我现在所有的财产一一摆放在面前:

一个笔袋,三支黑笔(其中有一支跳伞时漏墨了),一把尺子,一把学生小刀(尽管不是很锋利,但也不算非常钝),一块夜光电子手表(真神奇,跳伞时它的显示屏只是裂了一条缝),一个水壶(它的盖子丢了),几本书。啊,还有一顶破了个洞的鸭舌帽。哦,对了,还有降落伞呢!

不一会儿,我的肚子开始抗议。我把这些东西装进小包(当然把降落伞留在山洞里了,原因是无法装进包里),慢慢站起身,还是得找点食物填肚子啊。我拖着疲惫、酸疼的身体,在岛上四处找食物。山洞旁有一片黑森林,十分茂盛。为了避免走丢,我用学生小刀在树上刻数字,回来时只要倒着数就行了。刻到31的时候,眼前出现了一片灌木丛,灌木丛中有一串串红得透紫的小野果。此时,我已饿得眼冒金星,所以不顾一切地冲过去,摘下一把就往嘴里塞。那果子酸得要命,轻轻一咬,汁水飞溅。果皮还特别硬,就像山楂一样,可我硬是吃下去四串才罢休。吃完后,我才后知后觉地想起来:这果子不会有毒吧!长得这么鲜艳,难道有剧毒?我害怕极了,想把吃下去的全吐出来,可是干呕了半天,什么也没吐出来。算啦,大不了就毒死好了,总比活生生饿死要好。

我抱着侥幸的心理,所有裤袋里统统装满野果,还往小背包里塞，一直塞到塞不进了为止。我还摘下鸭舌帽，在里面塞满野果。有了这几天的食物，我便顺着数字一路走回去，现在是正午，一出森林，我的皮肤就被太阳晒得火辣辣地疼。该死！现在是夏天，这么大的太阳，还不得被晒伤！

想到这儿，我加快步伐，往山洞走去。一进凉爽的山洞，我顿时感到晒红的皮肤好受多了。我把所有野果都倒在没有沙子的空地上，扔掉一些挤烂了的野果。

解决了食物问题，我开始考虑下一步该做什么。嗯……晚上睡觉时，会不会有狼或者豹子之类的闯进我的山洞？想到这里，我浑身发毛，立刻站起身，背好包，拿上小刀，走出山洞。我砍了一些细树枝，小刀不是很锋利，砍起来要一点一点地磨，砍了好久，才砍了一些。我又拔了一些很长的草，这些草很柔软，还不容易断。

我走回山洞，决定用这些树枝做一个栅栏。先把树枝十字交叉，再用草固定住。然后把很多十字形的树枝交错着放，再安在洞门口。这是我的设计，做起来就没那么顺利了。在学校里，我的手工课总是只能拿"良好"。

我花了很多时间，才把半个栅栏做好。又是埋头一阵捆绑，我的手法渐渐娴熟起来。等我做好上下两个栅栏时，天已经渐渐黑了。我加快速度，把栅栏用石块固定在地上，然后钻进我的山洞，从里面把栅栏关紧。

做完这一切，我累得要命。勉强吃了几个"山楂果"（它吃起来像山楂），倒头就睡。白天跳伞的惊险一幕，不断浮现在脑海中。嗯，等明天恢复了精力，我要逛逛眺望岛，再多找点食物。

白天经历的一切，让我筋疲力尽。不一会儿，我便沉沉睡去。

绝望

我彻底完蛋了！

没错。我完蛋了！死定了！

这是我反复思考后得出的结果。

现在的我，坐在山洞前，烦躁地把身边的草一根一根拔个精光。胃还在一阵一阵地剧痛。

没错。一切都被我这个乌鸦嘴说中了。"山楂果"有毒！

刚起来时，我还打算先找点柴火生火来着。过了一会儿，肚子就开始钻心地疼，胃里翻江倒海，眼前的景象也开始模糊起来。我冲出山洞，使劲呕吐。吐了好久，几乎把没跳伞之前吃的东西全吐光了，我才停下来。我慢慢走到黑森林旁的一条小溪前，用清水洗了洗脸。我看到水，忽然觉得口干舌燥。要不是"山楂果"的教训，我估计会用水壶舀一满杯溪水一饮而尽。现在我长了记性，只是喝了几小口，就不敢再喝了。

所以话说回来，我还是得死在这人迹罕至的荒岛上。

怎么死？饿死。

"山楂果"不能吃。我又找不到其他食物。

那就只能活生生饿死啦。

哎，不知道救援的飞机几天才能来。我又开始寄希望于救援飞机。嗯，万一我就这么饿死了，结果过了两天救援的人就来了呢？那我不是太亏了！

于是我勉强打起精神，开始满岛找食物吃。我先进了森林，目光不停地搜索着。突然，脚边传来窸窸窣窣声音——一小群灰色的野兔惊慌失措地分方向逃窜。我刚刚可能一脚踩进它们休息的灌木丛里了。我立刻反应过来，用尽全身力气纵身一跃，扑到一只逃得最慢的野兔身上。它惊慌地拼命挣扎，我就使劲抱住它。它的力气很大，我费了好大的力气才把它制伏。我拎着它的耳朵，兴奋地走回我的山洞——我已经习惯性把它称为"我的"了——用那些细长的草捆住它的四肢。这的确费了我很大力，因为它总是乱动。

抓来了兔子，我又苦恼起来——这兔子，总不能生吃吧！得把火生起来才行。

我先准备好了所有材料。

一堆干燥的小树枝,四根粗木头(我可砍了好久),小刀,一块石头(我在小溪边和森林里找了半天才找到一块干燥又适合生火的石头)。

我在山洞外席地而坐。材料都摆在我的面前。我深吸了一口气,拿起小刀,使出吃奶的劲儿,在石头上拼命磨擦。磨了一会儿,渐渐开始冒烟。我觉得那气味非常熏人,努力忍住想打喷嚏的冲动,手上的活也不敢停下来。不一会儿,一簇小火苗冒了出来。我激动极了,把小树枝往火苗上扔。我干劲十足地往火堆里扔小树枝。渐渐地,树枝堆得越来越高。而本就不旺的小火苗,终于承受不住了,扑闪了几下,灭了。

我扒开烧黑的树枝,懊恼极了。我怎么这么蠢!火都生起来了,又把它弄灭了!

于是我重整旗鼓,这一回更加小心谨慎。火渐渐大了起来。我擦擦额头上的汗,尽量不让呼吸影响火势。

我思索着,木头容易压灭火苗,那什么东西不容易压灭火苗呢?我灵机一动,飞奔到洞里,拿出我的一本书,撕下一个角,小心翼翼地丢进火堆。丢了几页纸,火已经烧得很旺了。我用那几根粗木棍架起两个架子,分别摆在火的两端。

我看着面前鲜活的跳跃的火焰，霎时间觉得，希望和勇气又重新回到了我的身上。

烤全兔大餐

眼看太阳已升到头顶，我急忙加快速度干活。因为之前拼命地呕吐，我更加感到饥饿难耐。可面对一只活兔子，我不知道做什么才好。把它的皮毛剥下来？然后烧烤？

我坐在山洞外，拿着小刀，手颤抖着，试图在它身上开个口子，好让我剥皮。可是，我还是被这只挣扎的兔子打败了。刀尖触碰到兔子的皮毛时，它惊慌地扭动身体，想从我手里挣脱。这样一来，我原本脆弱的心理防线彻底崩塌了。我立马丢掉小刀，仿佛它是一块烫手的山芋。

要是几天前的我，看到兔子只会觉得，它好可爱哦。可前一个小时的我，就坐在火堆前，一边想象着烤全兔的模样，一边咽口水。

咽口水！

没办法，为了活下去，你必须这么做！

一个微小的声音在我耳边响起。

我不断告诫自己：这么做只是为了活下去！

在激烈的思想斗争后，我抓起兔子。一闭眼，一咬牙。我把小刀狠狠刺进这可怜的小东西的背。它猛地一挣扎，然后停了下来，一动不动。

我一边向这只兔子和它的亲朋好友、左邻右舍道歉，一边用小刀割下它的皮。它的皮很厚，我忍着对血腥味的反感，割了好久才把皮完全割下来。

可以开始烤了。我走到火堆旁，发现火快灭了。我一边懊悔自己的粗心大意，一边往火堆里加纸片，火终于又开始燃烧。我轻轻吹了吹，确保它不会突然灭掉后，把兔肉拿了过来。

然后，我开始思考：怎么烤呢？我在脑海里回忆以前烧烤时的情景。嗯，在肉上面……穿一根木棍？然后架在火上烤？

好像是这么回事儿。

我走进森林，挑了一根又长又细的树枝。把它砍下来后，我正准备回去，发现一只背部褐色的伶鼬正向我的兔肉快速地奔去。我急得大吼一声，它站住了，回头望望我，见我没什么反应，便又向着兔肉跑去。我追在它后面，一边大声喊叫，一边挥舞着树枝。这小东西见了，飞快地朝着另一个方向奔逃。我走近我的兔肉，它又调头过来。我用力跺脚，大喊着："嘿！走开啊！"它才恋恋不舍地离开，似乎在惋惜错过了鲜美的兔肉。

我使劲儿把树枝穿在兔肉上，又添了点小树枝，把兔肉架在架子上，然后缓缓转动它。

于是我开始思考明天做些什么。嗯，再去森林里逛逛吧，没准儿能找到什么有用的东西呢。就这样。

嗯，食物的话……哎哎，肉快焦了！

我急忙把肉翻转，让另一边烧着。

我去小溪旁喝了几口水，又去找了一小堆柴，回到火堆旁时，火还烧着。

烤了一会儿，天渐渐暗下来。我总担心夜晚会有猛兽出没，便把火生大一些，加快烤肉的速度。

那……晚上火怎么办？灭掉？还是任由它烧着？我犯了愁。

要是能把火堆移到洞里，晚上睡觉就暖和多了！不行，移到洞里的话，那我还不得被烟熏死？算啦，还是灭掉好了。

烤全兔已经烤的差不多了。我咬了一口肉，真香！看样子熟了。我把火吹灭，把柴、工具、石头和烧黑的木头统统搬进洞。最后当然没忘记烤全兔。

我把栅栏拴好，就开始吃烤全兔。我发现这兔肉真的好多，明天还可以吃一天！想着想着，我吃得慢了下来。不行，要省着点吃。万一救援人员要很久很久才能来呢？我发现自己根本没有考虑过这个问题。我停止了咀嚼。

万一……救援人员不来了呢？

不不不！我被自己的想法吓了一跳。不可能！有飞机失去联系，救援队一定会来的。

万一，飞机在遭到鸟群撞击后，又滑翔了一会儿，导致他们无法确定位置呢？万一，飞机坠海，救援队误认为所有人都掉进海里了呢？万一……不！不要再想了！

我心烦意乱，啃了几口兔肉，就闭上眼睡觉。我在心里默默祈祷明天有好运气，抓到兔子，去森林里逛的时候找到有用的东西……最好，救援队能找到我……

"晚安。"我对自己说。

午夜袭击

我睡了一会儿，被"刺啦刺啦"的声音吵醒了。我看了看夜光手表：12点08分。我低声说："刘宇浩你烦不烦啊。"突然，才意识到，这不是在家，不是在我的房间里。

刘宇浩是我弟弟的名字……

以前，他喜欢在我睡觉时来吵我。

"哥哥！我是鬼哦！"

"哥哥别睡了嘛，陪我看动画片。"

"哈哈！抓不到！你抓不到我的！大笨猪！"

现在，我想让他吵我都不行了。

因为，这岛上，只有我一个人……

一个人！我猛然惊醒。那，发出声响的是什么？

我坐起身，打开夜光手表的电筒功能，借着微弱的光，透过栅栏的缝隙往外看。

白色和棕色相间的……动物？

我凑近了看。有三只！三只伶鼬！正用力摇晃、抓扯着不结实的栅栏。我立刻想到的是，它们是奔着兔肉来的！估计，其中一只，就是早上那只伶鼬吧。

我手足无措地盯着它们看了一会儿，突然意识到，总不能等着它们把我的栅栏弄破，然后任由它们进来，偷走我的兔肉吧！我拿起搭架子用的粗木头，挥舞了几下，希望把它们赶走，可惜，它们还是猖狂地啃着栅栏。

我手足无措地盯着它们又看了一会儿，突然意识到，总不能站在这里等着它们闯进来抢走我的烤全兔吧！于是我抡起生火用的木棍，朝它们叫喊。它们看了看我，继续用爪子抓挠着栅栏。

我气得不行。再这么下去，我又得花一下午重新做一个栅栏了！我打开木栅栏，趁那几只小畜生还没有反应过来时，抡起木棍朝它们劈去。它们还挺灵敏，一边尖叫着吸引我的注意力，一边时不时扑上来，搞得我心烦意乱。当我把一只伶鼬从身上甩下去的时候，另外一只伶鼬则以百米冲刺的速度，朝兔肉奔去。我立刻掉头，想掐住它的脖子，谁知道它反应迅速地一扭头，一口咬在我的手腕上。我痛呼一声，也不知道从哪里来的力气，把那只伶鼬甩到了洞外。另外两只伶鼬前进的脚步开始变得缓慢，我见势赶紧抢起木棍大吼一声，它们便逃走了。

我一屁股坐在地上，看着四周一片狼藉，我叹了一口气。还好，那小东西咬得不深，没有流血，留下一排血红的牙齿印，我筋疲力尽地收拾了一下东西，坐在洞里开始沉思。

这木栅栏还是不够结实。如果是其他猛兽，根本不需要费那么多力气，吃掉我简直跟拍死苍蝇一样容易。

我叹了一口气，看了看夜光手表。唉，凌晨两点多了，还是睡一会儿吧。

我重新将破破的木栅栏固定好，又躺下。

也许，明天去森林时，可以看看附近有没有猛兽。我闭着眼睛思索着。我，还缺少用来防身的武器。

伴随着洞外的微风，我渐渐进入了梦乡。

新长矛

我很早就醒了。天还没有亮透。我揉揉手腕，啃了两口没有沾上沙的兔肉。又喝了几口水壶里剩余的水。昨天的突然袭击，让兔肉沾了许多沙。这只兔子原本可以吃两天，现在，能吃的已经不多了。而我，又不能完全把肉上的沙子弄下来。唉,今天最好能弄到吃的。

我走出洞,伸了个懒腰。啊,昨天似乎计划制作武器,还想在岛上逛逛,也许有不可思议的收获。

可是武器怎么做呢?我毫无头绪地把破栅栏移好。首先得把矛头做好。要那种锋利的石头,必须要很尖,才能伤到那些皮厚的动物。我走向乱石滩,把大小适合的石头拿在手中磨擦。觉得太钝,又放下。突然,手指一阵疼。原来被地上一块石头划开了一道口子。我顾不得伤口,急忙小心地捡起那块石头,喜滋滋地放进了口袋。

接下来,得把棍子插进石头里。我去树林挑了一根长度合适的木棍,坐下来,发愁。模仿一下"钻木取火"怎样?我把木头放在石头边上,磨起来。磨了许久,我的额前出现了细细密密的小汗珠,但是石头上才磨出一个浅浅的小凹槽。我擦擦汗,继续努力地磨着。

磨到差不多深浅的时候,我把木棍牢牢地插进凹槽,又用草绑住,以免石箭头掉下来。我挥了两下,它实在太重了。石箭头还是掉了下来。我皱了皱眉头,有绳子该多好!这草还是不够有韧性。绳子……啊!降落伞的绳子不是可以用吗?我冲到洞里,用小刀把绳子割断,结实地绑上。我看着挺满意,把它放到洞里,看看手表,十点多了。我爬进洞,就着水吞了几口干净的兔肉,就算解决了午饭。

我望着洞外,脑海中浮现出爸爸妈妈的脸,我苦笑着。我已经在这杳无人烟的鬼地方,待了两天两夜了。

有人吗?救救我吧。

任何人。求你救救我吧。

(该文发表于网络《有一间读写教室》)

窗

"哗——"水龙头的水源源不断地流向脸盆,坐在窗边的阿林却一动不动。他久久望着窗外沉思。"阿林,关掉水龙头!""哦!"阿林漫不经心地应着,但还是不动弹。当他的目光再次落在窗外,阿林竟穿越到了非洲。大地干裂,寸草不生。一群黑人坐在硬邦邦的地上,将瓶子里的水珠舔完,又抿抿干裂的嘴唇,一言不发。阿林呆住了。他拿出裤袋里的半瓶水,向黑人走去。他把水递给他们,微笑着看他们把小半瓶水抿光。他们看他的目光就像看到了救世主一样。日头太毒了,一阵风吹过,阿林应声倒地,爬不起来了……

"轰——"阿林回来了,就像什么都没发生过一样,坐在窗边。他从椅子上一跃而起,冲向卫生间,将水龙头紧紧关上。他又舀了一点水装在瓶子里,放在窗外的石阶上……

第二天,窗外的水不见了。

(微型小说现场比赛,以"沙漠""水"为主题词,写一篇微型小说,字数在300字以内)

(在"全国才艺测评委员会"组织的全国第三届小学生现场作文大赛中,该文获得高年级组二等奖)

时空胶囊

2250年,地球行将毁灭。

科学家们绝望地向全世界宣布了这个消息。因为人类对水资源的滥用,现在地球上的水正在以肉眼可见的速度枯竭。天气热得好似地狱,穷人们发疯了一般,争抢着几滴水。

地球在哀号。它甚至不能哭泣。海洋、河道,都因为太阳的强烈蒸发而消失,却再也不落回地球了。

联合国首脑们当即决定,将人类送往仍在开发的、与地球相似的AH—25小行星上,顶尖设计师们立刻通宵赶稿,高级设计师们集中在一起制造工具。

地球仅仅剩下一亿人还在苟延残喘,而设计师设计的"时空胶囊"仅仅能够容下一个人。

2249年12月25日,百万个时空胶囊刚刚建成,首脑们下令安装至发射台。

工程师队长对首脑们吼着:"不行!请你们务必再考虑!现在发射可能有部分胶囊的发动性能会出问题!还要再等等!再给我两天修复的时间吧!"

首脑们毫不在意地下了命令:"一小时后发射!"大家便纷纷进入了最早、性能也最优良的时空胶囊。

一小时之后,全球所有首脑、富翁、科学家、工程师全部进入胶囊中,难民们流着眼泪,扭打着,争抢着最后的几个舱位。首脑宣布:"要男人和少数女人,不要老人和孩子。"刹那间,天地混乱,女人们哭着抱着自己的骨肉,男人们扭打着,小孩们悲恸地哭号着,老人们默默地流着泪。

工程师队长也落下泪来,他进入舱体,固定好身体,咬紧牙关,关上舱门。

"发射！"首脑们按下按钮，先行朝天空飞去。这些愚蠢的人，宁可将自己的生命交给茫茫宇宙，也不愿意相信自己的同伴。队长绝望地闭上眼睛，按下按钮，时空胶囊发射了！像一颗颗锐利的子弹，射向茫茫星空，出了大气层，看到月球，他将脸贴着玻璃，迷恋地望着这颗皎洁的星球。

忽地，他的飞行速度慢了下来，他立刻冷静地意识到，动力出问题了。飞船停了下来，悬浮在上空。

他绝望地望着脚下枯竭的星球，明白自己将永远在这里，直到氧气用尽。他伸手关上供氧设备，看着自己昔日的家园。

恍惚间，他仿佛又看到……

看到那颗蔚蓝的星球，那里的绿洲，上面有数以万计的生灵，那里有奔流的河流……

他轻轻闭上眼睛，微笑着。

地球啊，我终究是要回来的。

（该文入选上海科学技术出版社出版的统编教材《同步作文》）

掉落到人间的小星星

从前,天上挂满了一颗又一颗闪亮的小星星,美丽极了!有一颗小星星觉得自己最亮、最美。

一天,这颗小星星一不小心被一阵风吹了下来,掉落到了人间,落在一片用鹅卵石铺成的地上。有许多人从上面走过,小星星跳到一旁,生怕被人踩着了。等到人走光了,小星星趴在一块鹅卵石上,得意地对它说:"哈!你每天被人踩着,哪像我,挂在天上,闪闪发光!"

鹅卵石轻轻地应了一句:"很多小路就是我们铺成的,我很高兴。"

小星星嘲笑鹅卵石真傻,又来到大街上,看到一双可爱的小鞋子蹦蹦跳跳着,便上前问道:"你怎么自己在动呀?"

"才不是呢!我穿在人的脚上呀!"

"脚上?那该有多臭啊!哪像我,那么好闻,那么可爱!"

小鞋子瞄了它一眼:"我为人们挡住了路上的石头,保护了他们的脚,我很高兴。"

小星星听完,鼻子一酸,坐在地上哭了起来。

一个男孩看见了，蹲下身子，对小星星说："小星星，你怎么了？"

"我……我太没用了，什么也不能为你们做……"

"才不像你说的那样呢！你可以在没有月亮的晚上，帮我们照亮世界呢！"

小星星一听，脑海中仿佛有一道闪电划过，觉得找到了自己的价值，赶紧飞回了天上。

从此以后，你要是在一个没有月亮的夜晚，看到一颗最亮最大的星星，那就是它了！

（该文获得第十一届"冰心作文奖"小学组三等奖，并入选《冰心作文奖获奖作品集》）

爱，让马车一路向前
——读《青铜葵花》有感

《青铜葵花》这本书，我看了不下八遍。让我印象最深的是《芦花鞋》。那时，青铜家穷。乖巧懂事的葵花也深知这点，便没有向家里要钱，让刘瘸子给自己照相。爸爸妈妈得知这件事后，很是心疼。为了让葵花不受委屈，能像其他孩子一样照相，便让青铜和葵花一起采集芦花，芦花采得够多时，一家人便开始了日夜不停地工作——青铜锤草，奶奶搓绳，葵花绕绳，爸爸做男鞋，妈妈做女鞋。慢慢地，一百零一双芦花鞋做成了。青铜在寒冷的冬天坚持不懈地卖鞋，甚至最后卖掉了第一百零一双芦花鞋——那双本来留给自己的鞋子，而他的脚，也被雪擦得通红通红。在全家人的共同努力下，他们终于攒够了照相的钱，让刘瘸子给他们照了一张体体面面的全家福，还给葵花单独补照了一张，并上了色。

　　放下书本，我心里久久不能平静。是什么，让青铜一家人不再贫穷？是葵花的乖巧，青铜的执着，是奶奶的慈祥，爸爸妈妈的勤劳，更是每一个人对这个家的爱。《芦花鞋》中写道："青铜的家像一辆马车，它车轴缺油，轮子破损，各个环节都显得有点松弛。但，它还是一路向前了"，虽然家中不富裕，但为了不让这个家因为贫穷而死气沉沉，每个人都尽力给家带去一片生机，一份欢笑。

　　相信，爱，可以让破旧的马车一路向前。

（该文发表于中华书局主办的《中华活页文选》杂志）

有妈妈在，再苦的日子也有阳光

——读《妈妈的银行账户》有感

这本书讲述了一个个令人感动的故事。

妈妈有五个孩子：主人公凯特琳，她唯一的哥哥内尔斯，与她年龄相仿的妹妹克里斯提娜，小妹妹达格玛，还有小宝宝卡伦。

在孩子们眼中，妈妈是亲切的，是温柔的，是无所不能的。那一次，达格玛收到了一只猫，一只漂亮而好斗凶猛的公猫。达格玛竟然对它一见钟情，并天真地给它取名"伊丽莎白"。除了达格玛外，其他孩子都讨厌那古怪的伊丽莎白，还向妈妈提出制止她俩形影不离的做法。但达格玛却天天抱着它、照顾它，尽管她手臂上经常出现抓痕。

日子长了，邻居都开始讨厌它，甚至讨厌达格玛一家。但有一天，它被其他的猫咬伤了。它身上有许多化脓的伤口，让它变得惨不忍睹。妈妈让达格玛带它去看兽医，但是没过一小时，她又回来了。她愤愤不平地说："他根本不会看病！他说伊丽莎白已经没救了！"妈妈说："那就让这可怜的小东西安静地睡去吧。""不,妈妈,不!"达格玛嚷道。"好吧,那就看它能否熬过今夜吧。"妈妈避开达格玛乞求的眼神说。妈妈把它放在箱子里,买来一瓶氯仿,洒在一块大海绵上,将海绵放了进去。

第二天早上,达格玛打开盒子,发现那猫竟神奇复活了!她扑向惊呆了的妈妈,说:"妈妈,我就知道你会让它好起来的!"

在生活中,妈妈像阳光一样温暖着我们的心。这本书讲的不正是这个道理吗?有妈妈在,再苦的日子也有阳光!

天籁般的颂歌
——浅评《哈利·波特与死亡圣器》

引子

听啊,你这大地下的极乐世界——
回应召唤,送来助襄。
庇佑孩子,赐他们以胜利和希望。

——《奠酒人》

说起《哈利·波特》系列，或许有人只会浅显地认为，这是一部魔幻小说。但是我之所以深深为之迷恋，是因为它含着浓浓的人情味，以及那心脏受到的震撼，久久萦绕在心头，至今不愿消散。

第一部分　壮丽奇幻的世界

我爱这套书，因为我情愿把自己深陷其中，远离城市的喧嚣和世俗的打扰。

在那个世界，似乎没有什么值得烦恼：眼镜打碎了，动动魔杖便恢复如初；胳膊摔断了，用个咒语就能修好；有热闹的魁地奇，有上万个小精灵为你准备晚宴……作者构思出来的，早已经不是一篇小说、一个故事，而是一个世界。

一个壮丽而神奇，拥有庞大到令人难以想象的体系的魔法世界。

多么令人心向往之啊！

第二部分　伤痛与死亡

虽然前文我提到"似乎没有烦恼"，但是不得不承认，《哈利·波特与死亡圣器》一书的主人公似乎被一个巨大的烦恼所笼罩。与前面几册浓墨描写魔法世界不同的是，这是一场战争的故事,一首交织着痛苦、血与泪的天籁般的颂歌。

魔法可以修复伤痛,但是永远挽救不了生命。哈利便只能绝望地看着一个个爱他、拥护他的人倒下,悄无声息。

眼前总是邓布利多下坠时的神情,总是斯内普盯着那双眼睛嘶吼着"拿去",总是海德薇倒在笼底了无生机,总是詹姆、莉莉的幻象站在那里,笑对哈利给予他鼓励……他们在这场与黑魔的浩大战争中失去了生命,仿佛一块烙印嵌在哈利的心头。

在死神面前,一切的一切都无能为力。

第三部分　小人物依旧可以活得精彩

《哈利·波特与死亡圣器》中,就有数十个配角,全文或许只有几百个字不到的描写,但是他们鲜明的性格特点让人把他们牢牢记住,记得不知是谁说过:纳威、卢娜、西莫、德拉科、迪安……他们的描写不多,可是这些描写让人感到安心,就好像他们一直都在一样。

他们当然一直都在。

没有他们的支持,就没有邓布利多军;没有他们的付出,最后的胜利从何而来?

纳威坚决地挥起格兰芬多宝剑砍向第六件魂器——大蛇纳吉尼,"我们在战斗,不是吗?"迪安大声说着;卢娜带给哈利寻找拉文克劳失踪的冠冕；哈利最后打败伏地魔的魔杖，是德拉科·马尔福的。

大千世界中的小人物，也可以绽放属于自己的亮光，平凡而绚烂。

第四部分　爱情与永恒

爱情这个名词，似乎远没有"婚姻"来的长久，但是《哈利·波特与死亡圣器》中，那段永远无法令我忘却的爱情，让我提笔写下这个部分。

西弗勒斯·斯内普，这个哈利"见过最勇敢的人"，也是一个情痴，他可以为了莉莉·伊万斯做任何事，无论是孩童时代，还是莉莉嫁给詹姆之后，他都心甘情愿。

可以为了她去求伏地魔，为了她守护自己仇敌的孩子，为了她做十余年双面间谍……

他的一切快乐，只与她有关；他的守护神和她一模一样，那是一只银色的牝鹿。

"一直是这样"，斯内普含着泪说道。

第五部分　父爱如山，宏伟磅礴
　　　　　母爱如水，涓涓细流

故事的起源，是伏地魔想要杀死哈利，莉莉的守护咒让他幸存，伏地魔在杀害哈利双亲后落荒而逃。

哈利那闪电状的伤疤后面，究竟深埋着詹莉两人对他何等深沉的爱！

他们的幻象站在那里微笑。"你真勇敢！"莉莉绿色的眼睛闪耀着，笑容开怀。"我们真为你骄傲！"詹姆穿着死去时穿的衣服，笑得慈爱，卢平、小天狼星变得年轻，那么英俊……

爱没有善恶之分。马尔福夫妇作为食死徒，战斗时一心想着儿子，甚至帮助哈利躲过伏地魔的验查；洛夫古德先生能救出卢娜，不得不暴露哈利的行踪……

只要心存大爱，便一切安好。

诗歌四首

沙堡

浪花拍打着海岸
哗——哗——
带来了贝壳

就像大海的礼物

一个赤着脚的小孩儿
走在沙滩上
在这儿捡一片贝壳
在那儿拾一颗螺蛳
还发现一个五角的海星

他拿着一桶沙
走在沙滩上
"哗啦",把这桶沙
魔力般
变成一座漂亮的城堡

他喜滋滋地把捡到的东西放上去
再加上一座彩虹桥
传说牛郎和织女就在这座桥上
相会

"哗——哗——""哗——哗——"
海浪淹没了沙堡

只剩下许多贝壳、螺蛳

还有那只海星

教室里的蝴蝶

"丁零零",上课了

一只花蝴蝶飞进了教室

同学们目光飞来飞去

被花蝴蝶粘住了

老师手拿课本扇过来拍过去

蝴蝶一闪躲过一劫

好不容易蝴蝶飞远

我们继续上课蝴蝶又来捣乱

蝴蝶,蝴蝶

你是不是迷了路

想来教室歇歇脚

若真是这样

请你乖乖找座位坐下

不要再捣乱了好吗

春娃娃跑来又跑去

春天是一个淘气的娃娃
呼呼地跑来
又呼呼地跑去

春天跑来
春风暖暖
春风牵着风筝跑
田里的娃娃
笑哈哈

春天跑来
把绿叶当信写
一行信,就是
一件绿衣裳

春天跑来
把小溪唱亮
冰块闪着太阳的光

春天跑来

像妈妈的怀抱

暖暖地,柔柔地

春天跑去

让北行的大雁兄弟

快快起程到北方的家

春天跑去

给满霜的枫叶

告诉它春天已经远去

春天是一个淘气的娃娃

呼呼地跑来

又呼呼地跑去

(该文发表于《钱江晚报》"新教育"版)

时光请为我停留

太阳,依旧是太阳

月光，依然是月光

在时光巨轮下，显得渺小无助的我们

可否依旧像从前般天真善良

千万拉住时间的手

请求它为你停留

如果它拒绝后接着往前走

请一定加紧步伐跟在它身后

不要停下　一直向前走

不要松懈　否则时间就会溜走

仿佛做了长达一个世纪的梦

努力回想

却依旧记不清梦见了什么

是时间将它们冲刷了

冲刷得干干净净，丁点儿不留

赶紧打起精神

别再错失这美好时光

哪怕迷惘　哪怕彷徨

不要停下

这大好时光

请千万让它驻足

哪怕

是最后一次年少轻狂

时光啊

请为我停留

请为我停留

又或者是　请放慢脚步

让我紧紧跟上你的节奏

甲 | 第何人意气归

获奖作品

收录了我发表获奖的部分文章,虽然有些文字现在看来比较稚嫩,但却真实记录了我在文学之路上的探索历程。

踏浪

"哗——哗——",大海似乎在跟我打招呼呢!我急忙冲过去,躲进了大海的怀抱。海水正轻轻地舔吻着我的脚,让我感到很舒服。"嘉,来啊!"爸爸叫我了。我便小心翼翼地走过去,还一边躲避着巨大的海浪。终于到了爸爸那儿。那儿有许多锋利的石头,踩在上面很疼。我只好小心翼翼地挪到一个没有石头的地方。刚松了一口气,一个浪打了过来。我本能地转过头去,爸爸却说:"别转头!临阵脱逃可是要枪毙的!"我只好把头转了过来。

不一会儿,两个巨大的浪向我们扑来,我来不及躲闪,"哗",巨浪就把我浇了一个透心凉。我和爸爸不由得后退了一步。不能后退!我想。于是我俩又往前跨了一大步。

海浪不断扑打过来,我却一直在那里站着。

(该文发表于山西师范大学主办的《语文报》)

绿豆发芽记

一大早,我兴奋地叫醒妈妈:"妈妈,起床啦!"妈妈似乎早就明白我的小心思,拿了一大把绿豆给我。我达到了目的,喜滋滋地拿了一个纸杯,打开水龙头。灌满水,把绿豆一粒一粒放进去。我把杯子放在桌子上,开始观察起它们的外形来。

绿豆是椭圆形的,我拿起一粒绿豆,咦?绿豆中间竟然有一块水滴形的白色的东西。外公说:"芽儿就是从这里长出来的。"原来是这样!我恍然大悟。

9月19日　周五　晴

刚放学,我还来不及放下书包就直接跑向书房,兴奋地凑到杯子前一看,不禁有些失望:绿豆仍然是绿豆,除了豆的"外衣"裂开了一点儿,什么变化都没有!我气得直跺脚。

妈妈在一旁对我说:"别急,绿豆不会那么快就发芽的。"外公又说:"绿豆要发芽,要有阳光才行。"我于是乖乖地把绿豆的"家"搬到了阳台。我的小绿豆宝贝儿,你们一定要快点发芽啊!

9月20日　周六　晴

我的小精灵的"外衣"完全脱掉了,露出了嫩嫩的肉。我小心翼翼地捏开,发现里面竟然黏糊糊的,我不禁被自己的发现吓了一跳。

9月21日　周日　晴

早上,我拉开窗帘,看到了我的小宝贝儿。我轻轻地走过去,生怕把它们吵醒了。哇!我的宝贝儿长大了!

"发芽喽!"我一蹦三尺高。我发现芽儿是从水滴形的里面长出来的!芽儿嫩嫩的,细细的,白白的,像个小豆号,真可爱!

我真的好爱我的宝贝儿啊!

（该文发表于浙江省作家协会主管的《少年文学之星》）

蜗牛日记

两只蜗牛来到了我们家。

我怕蜗牛爬走了,就想办法把它们放在一个盒子里,奶奶怕它们被闷死,在盒子盖上钻了几个孔。它们可能有点不适应,好久都缩在壳里不出来,偶尔伸出头看看,又马上缩回去了。

9月28日

早上,妈妈告诉我,蜗牛不见了。原来盖子没盖好,它们爬出来了。妈妈又把它们放进盒子里。它们喜欢爬到盒子的玻璃壁上。我把苹果皮放到盒子里,可是它们就这样贴着,不肯下来吃。我等得不耐烦了,就走开了。再回过去看,发现它们已经吃了一点苹果皮。我在这儿,它们就不肯吃,看来以后还得偷偷观察。

9月29日

早上,我发现蜗牛又不见了。原来昨天观察完蜗牛后,忘记盖好盖子，它们爬出来了。我找啊找，发现一只在洗脸盆边，一只在旁边的瓷砖上，我赶紧把它们弄了回去。

9月30日

今天，我发现盒子理有几条黑黑的东西，原来是蜗牛的大便。上网查了查，原来蜗牛的嘴边有一个呼吸孔，它的作用可大了。呼吸、排便都靠它。我仔细看看，怎么也找不到呼吸孔，原来蜗牛的呼吸孔用肉眼是看不到的啊！

10月1日

今天我们全家去南京。昨天晚上想让我楼下的同学帮我养几天，可是他也回奶奶家了。所以我今天只好把吃的准备好，希望它们都没事（其实我很担心，但是带着它们去南京总是不方便）。

10月3日

我终于回来啦。我心里很不安，怕它们出事。所以一定要妈妈先去帮我看看情况。妈妈很伤心地告诉我，有一只蜗牛死了。可怜的蜗牛！

10月4日

蜗牛在盒子里,不肯爬,我把盖子打开,它就慢慢地爬出来,而且它喜欢围着盒子爬来爬去。我又把它放在报纸上,喂它吃青菜叶子,发现很快它就吃完了一小片。我上网查了一下,天哪,蜗牛有25600颗牙齿哩!

10月6日

我想让它运动一下,所以就把盒子打开了。半小时后,它爬出来了。我今天终于看到它拉大便了。我给它吃的是菜叶,它拉出来的也是绿色的。真的是从嘴里拉出来的哦!

(该文发表于《钱江晚报》"新教育"版)

剥核桃

以前,我吃大核桃总是要妈妈帮我剥,而妈妈总是剥了一半便工作去了,我总是吃得很不爽。

最近我学会了自己剥大核桃。

星期一的时候,妈妈买来一大袋大核桃,有些已经裂开了几条缝,而有些却完好无损。我想试着自己剥剥看。我拿起一个,用手指甲插进裂缝里使劲往外掰,可是不行。可恶的大核桃!无论我掰、敲、咬还是捏,它都无动于衷。唉!只好使出绝招——"砸"了。我拿着那个大核桃,用力向桌面砸去。"啪"的一声响,我本以为它肯定会"粉身碎骨",没想到它只是又裂开了一条缝。妈妈看见了把那把大钳子——"核桃的天敌"递给了我,我遇上了"大救星"。我把"伤痕累累"的大核桃放进椭圆的"洞"里,捏住把手使劲一夹。"咔嚓"一声响,核桃瞬间裂成了许多小小的渣子。我马上从核桃渣堆里找出核桃肉放进嘴里,真好吃!妈妈说:"夹的时候不要太重,轻一点儿。"我这次轻轻夹,果然,那些核桃肉都是一块块完整的。我吃了一个又一个核桃。味道好极了!

(该文发表于辽宁少年儿童出版社主办的《小学生优秀作文》)

《雪地里的脚印》续写

在像丝绒一样柔软的雪地上,狼先生看见有些脚印!"嗯,我真好奇,这些是谁的脚印啊?"狼先生走出家门,他决定跟着这些脚印走,找到脚印的主人,和他交个朋友。

走着走着,狼先生看见了一只小狗。他很有礼貌地问:"请问这些是您的脚印吗?我想找到这些脚印的主人,和他交朋友。"小狗说:"不是,你说不定是要捉弄他吧。"小狗说完就飞快地跑回了家。

狼先生又遇到了一只小猫,他又很有礼貌地问小猫:"请问这些是您的脚印吗?"小猫说:"当然不是啦。"说完,她也跑开了。

这时,狼先生又看到了一只小白鹅,于是他上前问小白鹅:"请问这些是您的脚印吗?"小白鹅说:"是啊。这是我的脚印,你想干什么呢?"狼先生说:"我一直在找您呢,我想跟您交个朋友,可以吗?"小白鹅说:"我才不相信呢,你肯定是想把我吃掉。"说完,小白鹅很快地跳进了水里。狼先生又很诚恳地解释,说:"我是诚心诚意想跟您做朋友的,希望您能相信我。"

这时,小白鹅突然遇到了危险,原来他中了狐狸设的圈套。眼看着小白鹅就要被狐狸吃了,狼先生飞快地跑过去,用他的牙齿咬破了网,救出了小白鹅。小白鹅这才相信了狼先生的话,她同意了和狼先生做朋友。他们高高兴兴地一起回家啦!

(该文发表于中国优秀少儿报刊金奖《小学生世界》)

小猪和它的鼻子

在汤姆先生的农场里,住着一大群鸭子,还有以它那大大的鼻子为豪的小猪威廉。它与鸭子们相处得很好。

一天清晨,威廉正在用鼻子拱东西吃,当第一缕阳光照进猪圈的时候,一只新来的鸭子摇摇晃晃地走来,友善地对威廉说:"早!小猪!你的鼻子真大呀!说实话,它有点丑,就是——看起来很别扭——哦!希望你不要介意!"

鸭子走远后,小猪看了看自己的鼻子。啊呀!自己以前那么有用的鼻子，怎么这么难看？小猪吓了一跳，像触电一般跳了起来。它伤心极了，开始号啕大哭起来。

哭着哭着，小猪突然想到，只要找到一片东西，把鼻子盖住不就行了？它开心极了，四处寻找合适的东西。突然，威廉眼睛一亮，把目光定格在了梧桐叶上。

威廉捡起了梧桐叶，把它贴在了鼻子上面。它走了几步，哈，刚好，叶子不会掉下来。

小猪急着要给鸭子看：自己的鼻子不见了！小猪风一般地向鸭场跑去。一路上，沙土吹进了小猪的眼睛，虽然有梧桐叶盖着，但鼻子里还是进了不少细沙。

"哦啊——啊啾！"小猪威廉打了一个个大大的喷嚏。"哦！"小猪大声叫道，"不！"原来它的叶子被喷嚏掀掉了！

小猪威廉独自走在路上，闷闷不乐地想："唉，树叶不行，不被吹掉又能盖住我的鼻子的东西是什么呢？除非像袋子一样扎在鼻子上——对了，塑料袋！"

小猪又一阵风似的跑回家，将一个黑色袋子紧紧地扎在鼻子上，确保万无一失后，它再次跑向鸭场。

走着走着，小猪觉得自己呼吸不是很顺畅了，胸口也闷得慌。怎么会这样呢？原来威廉要吸入氧气，呼出二氧化碳。可是袋子里没有氧气呀！所以威廉只好再吸进去它刚刚呼出去的二氧化碳了。

可怜的威廉!它头脑发胀,四肢抽搐,渐渐地,它就支持不住了,两眼发白,昏了过去。

等主人救醒威廉时,它已经什么也不记得了,就连那要盖住鼻子的念头也消失得一干二净。那只无忧无虑的威廉回来了!

没有人告诉威廉究竟发生了什么,也没有人提及它的鼻子——因为小猪的主人不同意,他怕它再次晕倒了。

在一个清晨,威廉正在用鼻子拱东西吃,当第一缕阳光照进猪圈的时候,威廉抬起头,脸上洋溢着幸福的笑容。它大声地说:"我坚信,我的鼻子是最有用的!我为它感到无比自豪!"

(该文发表于中国少儿报刊《新作文》)

我所经历的暴风雨

今天晚上,我要到少年宫上舞蹈课。

刚骑了一半的路,忽然,一阵大风吹来,我的头发拼命向后飞。紧接着,天空中乌云密布,这时,我想起了二年级学过的课文《雷雨》中的一句:"满天的乌云,黑沉沉地压下来。"我想:糟糕!要下大雨了!果然不出我所料。不一会儿,"噼里啪啦""哗啦哗啦"下起了倾盆大雨。爸爸说:"赶紧穿好雨披!"我以最快的速度穿好雨披。风实在太大了!爸爸的雨披鼓得像个超级大气球。为了防止雨披"飞"走,我得紧紧拉住雨披的两角。无数颗豆大的水珠落在我的背上和头上。我只好一边拉住雨披,一边弓着背,低着头,迎着风雨。

忽然,"轰",一声雷炸响,雷声几乎把一切声响都掩盖了。我们看见一棵大树被劈倒了,它的根部一劈两段,一半露在外面,看到这一场面的人都说:"太危险了!幸好没有压到人!"

到了少年宫门口,积水在路上到处乱窜着,车子经过时溅起柱状的水花,里面混合着树叶和各种垃圾。我下了自行车,脚一踩到水柱,顿时感到一阵凉意。我觉得好像光脚走在河流里一样。

我暗想:"也许今天的暴风雨是我见到过的最大的一次吧!"

(该文发表于中国写作学会青少年写作研究专业委员会会报《作文报》)

我的小秘密

早晨,缕缕清风吹进窗户,明媚的阳光照在教室的书桌上,教室里吵吵闹闹的。有的同学捧着数学书专心地看着;有的同学抬着头看着天花板,嘴里还念叨着什么;有的同学紧皱着眉头,似乎在回忆着什么;有的同学和同桌互相背着公式……不好!今天数学吴老师要抽查五个同学背公式呢!我还没有背出来呢!我赶紧坐下,加入"临时抱佛脚"的行列中。

"丁零零",上课了。吴老师"大摇大摆"地走进了教室,清了清喉咙,"吭喝"道:"今天,我要抽查五个同学背公式!背不出的同学要重背!"说完,吴老师扫视了一下教室。当吴老师的目光扫到我时,我立刻低下头,生怕吴老师察觉我。

"8号!"吴老师一声令下,8号同学立刻"哗"地站起来,开始流利地背诵起来。原来他是有备而来的啊!"很好!"吴老师微微一笑,似乎很满意。"请坐!"第二个同学背得支支吾吾,但总算把脑袋里"散开"的公式"挤"了出来。

我为他松了一口气，同时也替自己担心起来：抽到我可怎么办？那就要被老师批评，被同学笑了！

"16号！"我原本以为，他是第一个"受害者"，但我万万没有想到，他竟然也背出来了！这让我的脸红一阵白一阵，紧张极了。我更加提心吊胆了。

时间一分一秒地过去，轮到最后一个了！我向苍天祈祷，千万不要抽查到我呀！这样我就能"逃过一劫"了。吴老师又报了一个学号。天啊！与我"擦身而过"。他不仅吞吞吐吐，还张冠李戴，把"平行"和"垂直"搅到一块儿去了！同学们捂着肚皮，笑得前仰后合。我可没有心情笑。我能侥幸"活下来"，上帝已经很眷顾我了。

这就是我的小秘密，至今想起来还会脸红呢。以后我可再也不能这样了。提心吊胆的滋味可不好受。亲爱的读者，这个小秘密你看到后千万不要再告诉别人哦。

（该文获浙江省第六届"小学生课内作文大赛"一等奖）

我与书的秘密

你和书还有秘密?看到这题目,你一定会失声叫起来。别急别急,她是我的伙伴,怎么不会有秘密?不信,你瞧——

一天晚上,我正在无聊地胡思乱想,咚咚——门铃声冲进了我的耳朵。"耶!"我从地上一蹦而起,兴冲冲地去开门。只见爸爸提着一大包东西出现在门口。"谢谢老爸!"我叫了一声,喜滋滋地抱着袋子进房间了。

我打开袋子,一大堆书进入我的视野,正准备高高兴兴地翻开书,"不准看,明天才行!"老爸叫道。真是的,看一会儿都不行!哎,怎么办?要不晚上藏着偷偷看?就这样,我笑了。

我上了床,闭上眼睛等着,等待是漫长的。仿佛过了一年后,爸妈房间终于熄灯了。我一下坐了起来,蹑手蹑脚地拉开抽屉,小心翼翼地取出手电筒,轻轻按下开关,从被子里拿出书,津津有味地读着。

我的眼睛快速扫着书本,就像一只贪婪的饿狼。时间一分一秒过去,"啪嗒"我听到门被打开了,赶紧关掉手电,藏好书。

只见爸爸快步走进来,帮我放好掉在地上的枕头。还好,爸爸没发现!我窃喜他没注意我微微隆起的枕头。

我尽管闭着眼睛,仍感到被子被掀开了。怎么了?我不敢睁眼,会不会被发现了?我正思忖着。没想到爸爸愤怒的声音传来:"怎么回事?"

我把眼睛眯起一条缝,只见手电筒好好地亮着,我不是关了吗?啊!我把加亮度的按钮当成开关了!爸爸的批评我没听进去,心里正可怜我那本书呢!书啊,我好想把你读完哟!

书是我的老师,也是我的伙伴。这就是我与书的秘密。

(该文入选中国文史出版社《春风杨柳》一书)

星星的孩子

今天,我们要去自闭症儿童教育中心——康乃馨学校,参加亲子活动。

我怀着激动的心情,奔向同学们所在的小操场。要知道,今天,由我们自编自演的童话剧马上要演出了呢!我有一点小紧张,万一哪里出错了,岂不是让人笑掉大牙。

同学们都按照要求换好了服装,我轻轻吁了一口气,又去检查道具。嗯,道具也都乖乖就位了。

准备完毕!我们上场了!旁白滔滔不绝,演员"手舞足蹈"……

"小木偶"杨帆出场了,我对他很放心。瞧,他正绘声绘色地讲着,还不忘配上动作。接着是"熊警官"宋博闻,我也不需要担心他,因为他正好有熊的那种威严。

"不好啦!不好啦!"这是杜佳树的声音,"外面的小木偶说小红狐抢了它的包!"我呼了口气,这句话杜佳树总说不好,这回说得挺好。

正当我暗暗高兴时,宋博闻突然说了一句"什么?"我大惊失色,我的剧本里并没有这句台词呀!杜佳树如果回答不上来可就惨啦!我急得火烧眉毛。

还好还好!杜佳树反应快,只是稍微愣了一下,又把刚才说过的话回答了一遍。我心中的石头总算落了地。

我突然发现,舞台前,一个胖乎乎的小男孩躺在两张板凳上,一个小女孩却坐在他肚子上,由于板凳间有缝隙,"哗啦"一声,板凳向两边移了一下,小男孩也一屁股坐在地上。他一点不哭,站起来,把板凳合拢,又躺了上去。

我皱皱眉，他们的行为还真是蛮怪异的。他旁边还有个三四岁的小男孩，手舞足蹈，拼命扭着屁股，直咧嘴。我"扑哧"一声笑了出来。呵呵，他们其实也挺可爱的！转眼望去，旁边还有一个更小的小弟弟看到这场面，拍手叫好！那个搂着小弟弟的阿姨扭过头去，对另外一个叔叔说："他们平常从来没有配合得这么好过。"我恍然大悟，或许他们也渴望和我们一起玩吧……

第二个环节是唱歌，同学们自告奋勇，主动牵着他们的手，走到台上。有些小男孩很高兴，摇摇晃晃走上了台；有些小女孩胆子小，扯着阿姨的衣服，不肯上去，无论我们和阿姨怎么劝，她们都一动不动。不知道是谁说了一句"那就算了，别勉强了。"我们只好去牵另外小朋友的手了。

音乐流水般响起，同学们和小朋友们手牵着手，一边唱歌，一边跳舞。他们跳舞的样子可爱极了。此时此刻，我们的沟通似乎不再那么难了。

第三个环节是送礼物。我把水彩笔递给一个小妹妹，说："小妹妹，要不要？送给你！要天天高兴喔！"说着，我把礼物塞进她手里。她看看水彩笔，又仰头看看我，笑得很灿烂。那笑容似阳光照亮我的心，瞬间我被融化了。我突然觉得，她似乎不是一个自闭症儿童，而是和我们一模一样的，只是她害羞罢了。

半天的时间转瞬而逝。我坐在车上,望着康乃馨学校的"背影",内心久久不能平静:也许自闭症儿童并不是一个特殊群体,只是一群生活在自己世界里的小天使,等待我们用"真善美"把他们从黑暗的世界里"救"出来。或许,他们真的是——

星星的孩子……

(该文发表于中国优秀少儿报刊《小学生世界》;获"教育部关心下一代工作委员会"组织的征文比赛全国三等奖)

世间有爱,便一切安好
——《哈利·波特与死亡圣器》读后感

《哈利·波特》,不得不说是我看过最震撼的幻想小说。这个完全想象出来的魔法世界真的把我吸引住了,能坐着飞上天的扫帚,发射各种各样咒语的魔杖,飞来飞去寄信的猫头鹰,古灵精怪的家养小精灵……这一切的一切,是那么不真实,但又是那样真实,仿佛它就在我们身边一般。

《哈利·波特》整套书,便是在讲"大难不死的男孩"与"史上最邪恶的巫师"勇敢对抗的故事。而《哈利·波特与死亡圣器》便是整套故事中最后一本，也是整个故事的结局。

　　这本书，讲述的是在邓布利多校长去世、伏地魔与食死徒占领魔法部后，哈利与两个挚友——罗恩和赫敏一起寻找伏地魔制作的魂器并设法销毁它们的过程。在这之间，他们了解到一个与他们的任务看起来毫无关系的符号——一个圆，用一条直线穿过，外面用三角形包住圆和直线。这是死亡圣器的符号。于是在三人不断探讨与寻找的过程中，真相慢慢浮出水面，不管是关于魂器或是圣器。在赶到霍格沃兹寻找第五件魂器时，伏地魔带领食死徒对学校发动了攻击，大家都拼死抵抗。最终，哈利销毁了所有魂器，包括伏地魔当年在自己身体里留下的一小块灵魂。哈利利用伏地魔拿着的传说中战无不胜的老魔杖，用经典的缴械咒杀死了伏地魔。在短暂的庆祝后，哈利找到了邓布利多的画像，并坚定地告诉他，自己现在拥有了三件圣器，可是除了自己的祖先传给自己、陪着他长大的隐形衣，其余两件——老魔杖、复活石自己不想要，他会放回原来的地方。邓布利多欣然应允。

　　哈利·波特的故事到这里就告一段落了。我甚至有些不敢相信故事这么快就结束了。

　　但是，整整七年，这能算快么？

这七年，说漫长，其实也并不漫长。因为有了许多人的陪伴，他们支持哈利，不断给予他鼓励与帮助，甚至教给他一些事，有了这么多人的陪伴，哈利才能克服一切的困难，摆脱一切的困扰，心无杂念地与伏地魔决一死战。

有一个场景，我印象特别深刻。当哈利明白他必须得死时，他毫不畏惧。因为他知道，他身边有自己的父母，有小天狼星和卢平的影像。他们都在朝他微笑，给他勇气。在伏地魔的杀戮咒后，如约而至的并不是死亡，哈利莫名其妙来到了国王十字车站。早已死去的邓布利多突然出现，告诉哈利自己的苦衷和难言之隐。他还告诉了他一个秘密——

伏地魔不死，哈利·波特就不会死！

可这是为什么呢？

因为伟大的爱啊。

这要追溯到很久以前，伏地魔想杀哈利时，哈利那伟大的母亲莉莉拼尽全力在临死前给予哈利的保护。伏地魔的杀戮咒反弹到自己的身上，于是他灵魂的一部分附着到附近的小哈利身上。所以，哈利才能利用老魔杖杀了伏地魔。只是因为，伏地魔从来不懂爱，也从来没试过去爱。

爱，多么伟大的字眼，多么动人的音律。它温暖着我们的胸膛，给予我们力量。正是因为爱，不论是父母对哈利的爱，同伴们对他的爱，慈爱的长辈们对他的爱和关怀，所有善良、正义的人对哈利的爱与支持……都温暖着我们的心扉。可我们不能忘记的，是家养小精灵多比为哈利的付出；斯内普对莉莉的深沉的爱与他做出的牺牲；马尔福夫妇在战乱时不再全身心投入战斗，而是一遍一遍呼喊着儿子的名字……我顿悟了爱，没有什么正义、邪恶之分，在爱的面前，所有邪恶的力量都显得那样微不足道。

耳边似乎又悠悠地响起了邓布利多说过的话："一个人的出身并不重要，重要的是他成长为什么样的人。"是啊，重要的是成长为什么样的人。

当你心里被爱填满，当你怀着一颗爱的心灵，世间的一切都是那么静好，一切温暖和美好都会在你心底缠绕。

这是一个平凡的故事。这又是一个不平凡的故事。它带着魔法世界的神奇，带着美好的爱，一点一点展露在我们面前。

世间有爱，便一切安好。

（该文发表于华东地区优秀期刊《作文新天地》）

笫 鼓几声入云中

评语

师长眼中的我,严谨、正气、活泼似小精灵。师长们的激励,给我无穷的动力。

我心目中的好孙女

文/胡雅清

我的孙女是个乖巧、好学、孝顺的孩子,值得我们称赞、疼爱。

嘉禾,是我们的开心果。记得一岁时,她躺在小床上,安静睡觉。醒来时,眯着眼睛,对着我们咯咯发笑,两眼对着上方的玩具,骨碌碌地转来转去,真惹人喜欢。当她会走路时,更加惹人喜爱。她学爬,老爬不好,索性站起来,自己走。当她一开步,跟跟跄跄,几次摔倒后,马上会走,总不让我们扶着,坚持自己学走路。她小的时候长得白白胖胖,引得小区的老人都争着抱她,亲她,逗她玩。

嘉禾小的时候,动手能力很强。她看着拼图的样子,能够敏捷、准确地拼出各种图案,还会拿七巧板拼出各种图案。搭积木时,能耐心地搭出房子,还会跟爷爷比赛,谁搭得好,谁搭得快。

她也爱动脑筋。我教她学字、学画,她总是很认真。教她学画时,一次、两次、一张、两张,画得好一些,才肯休息。教她学数字,一遍、两遍,追着问这问那。有一次上幼儿园路上，看到门牌号，就问："奶奶，为什么这边都是单数？双数在哪里？"教她学人民币数额时，她和我一起玩"买卖玩具"的游戏，能无误地找出几元几分。

嘉禾识字还是早的。有一次回外婆家，在车站，能认出好几个站名。周围的旅客吃惊地说："三岁孩子能认出这么多站名，真聪明。"记得还有一次，我们乘出租车，司机开错了方向，没有开到目的地，她就指着路标说："司机叔叔，这里是中山中路，不是平海路。"司机红着脸说："三岁孩子能认出路名，我出租车钱就不要了。"

嘉禾从小爱读书，没有学会拼音时，就能看懂许多少儿读物。在她小桌子、小床上，到处都是书，她看好后，还能够讲故事给你听。读小学了，开始写许多文章，一些还发表，得奖。在学校里，英语比赛也能得奖。综合成绩年年优秀。

嘉禾还很懂得感恩。念小学时，她经常想念幼儿园老师，几次叫我陪她去看望老师。教师节时，常打电话问好。每逢节假日，她都能及时打电话来问候，祝我们节日快乐，有喜事及时汇报，真让我感到高兴。我们的付出，没有白费。新年到了，给她压岁钱，她说小孩子不能拿钱，爷爷奶奶自己用吧！你们自己保重！她还用自己的钱给我们买生日礼物呢！

我们有这么个好孙女,真是我们的福气,我们盼望她健康长大!

(奶奶是小学老师,是嘉禾的启蒙老师)

"电动小马达"

文/陈颖

虽然每年的教师节都会准时收到嘉禾的祝福,但当我看着这个站在我面前已经和我一般高的大女生时,我还是有种特别欣喜的感觉。九年前第一次见到的小女孩长大了。如今的嘉禾更加聪慧,没有变的是她那一头利落的短发和那双会说话的眼睛。

清晰地记得,三岁的嘉禾有着特别的好奇心和求知欲,不管是什么新的发现,她都会仔仔细细地观察一番。我们之间的聊天有时会很有趣,因为她的小脑袋藏着比同龄人更多的问题和答案。瘦瘦的嘉禾身上仿佛装有"电动小马达",无论是语言活动、音乐游戏还是创意手工、智力游戏,无论是户外的运动游戏,还是室内的棋类活动,都能看到嘉禾乐在其中,她的热情能感染周围的每一个老师和小伙伴!

和其他女孩子爱花裙子、爱芭比娃娃不同,嘉禾更喜欢下棋,喜欢看书,最让我欣喜的是,嘉禾喜欢阅读,喜欢思考,经常沉醉其中,这对一个幼儿园的孩子来说是难能可贵的。对文字的敏感,使她早于大多数同龄的孩子开始更有深度的阅读,家庭中良好的教育环境也逐渐地让她的理解能力凸显出来,她经常带来许多惊喜让人分享。

有这么多的积累和这么好的环境,加上坚持不懈的努力,老师相信嘉禾——这只小雏鹰一定会飞得很高,飞得很远!

(陈颖老师是嘉禾幼儿园启蒙老师)

喜欢蓝色的小姑娘

文/马丽荣

第一次认识嘉禾,她还是托班的孩子。每次托班的老师慢悠悠拉着长长的队伍,从我们大班经过时,有的孩子还是一把鼻涕一把眼泪的,而站在队伍中间的一个小女孩,剪着樱桃小丸子头,穿着一条白色的连衣裙格外引人注目,她要比前后的小朋友高大半个头，丝毫未受同学的影响，而是东张西望，还不时朝我们班里瞧，好奇地看个不停，没看够的时候，还会人随着队伍走，小脑袋则不停回头。当时她就吸引了我，也知道了她叫王嘉禾。

到了小班，她成了我们班的一员。那时，就觉得她反应快且有想法。教学活动中，老师的问题说了一半，她就把手高高举起，或者坐在位置上直接把答案说了。记得美术课画《马路上的车》，别的孩子刚画了一半，她举手说："老师，我完成了！"让我惊讶的是，她只画了一辆超大的天蓝色小汽车，我轻轻提醒她，马路上的车会有很多。她的回答到现在我还记得："这就是以后我们的车。我喜欢蓝色，马路上大家一眼就看到，别的颜色的车别人看不见。"

她做事也特别快。生活中如起床、吃饭，都是早早完成，大家还挤在盥洗室里洗手什么的，她已经全部完成，早早坐在位置上了。等她们桌的小朋友陆续就座后，她们桌又成了最热闹、最活跃的地方。她们有时会东拉西扯，有时会激烈讨论，但更多的时候，她们会静静地看着其中一个小朋友，听她不停地讲啊讲啊，那个不停地讲的孩子就是嘉禾。

三年里，印象最深的还有一件事。为了锻炼孩子，有时我们会让孩子们到别的班借个东西，或者到另一栋小楼的园长室交个表格什么的,被叫到的孩子有的会直接拒绝,有的会空手而归,有的会怯怯地站在别班门前不敢进去。而这个任务,却是嘉禾最喜欢做的。她每次会自告奋勇地说:"让我去,让我去!"嘉禾每一次都会把事情办得妥妥当当,还会把双方要交代的事情进行传达。就这样,班级里以后类似的事情,就成了嘉禾的专属。甚至后来别的班如果有需要,也会打电话过来说,让你们班"能干姆姆"送一下吧。

这个能干的孩子就是——嘉禾。

(马丽荣老师是嘉禾幼儿园启蒙老师)

那些闪着光的时间,那些闪着爱的文字
——给嘉禾的一封信
文/蔡健

亲爱的嘉禾:

时光荏苒,你已经是六年级的学生了!你是否还记得第一次在爸爸妈妈的期盼中迈进天长小学校园的情景?第一次坐在教室里如饥似渴地阅读一本本精美的图画书,第一次和同学们在欢笑声中共享校园里如诗的朝阳……时光如白驹过隙,转眼就要小学毕业了。

清晰地记得:你在小学生涯第一次元旦庆祝活动中,和同学李熙悦、赵玥、冯方彦、叶天泽、金媛怡一起表演唱《虫儿飞》的场景。你是那么活泼投入,那么激情四射。从音乐下载到和小伙伴们的节目排练,虽然正式表演才那么短短几分钟,可是你却是尽心准备。一下课,就看到你拉着伙伴进行排练,一举手一投足,俨然一位大导演。演出前一天还在为最好的配乐和妈妈磨叽磨叽。正式演出是在下午,一个上午就在为"妈妈有没有截好音乐,有没有电子邮件发给老师"而纠结。最终,你带领小伙伴们表演的《虫儿飞》获得阵阵掌声,你的笑脸比玫瑰花还要红。

非常清晰地记得:刚刚升入二年级,在吴恢銮老师上课讲到古代诗人时,你和叶天泽同学居然能流利背下《将进酒》全诗,把吴老师和同学给震惊了。你却轻描淡写地一笑:"我还会背很多这样的诗呢。"当天的谈话课上,我和同学们有滋有味地再次听你们俩吟诵。后来,一到班级活动的自我展示环节,你和天泽的合诵就成了指定节目。再后来,你也知道的,只要刚开个头,同学们就会跟着背诵了,两人吟诵变为全班齐唱,那氛围真好!

也非常清晰地记得:三年级时一个阳光明媚的清晨,

小小的你高举《小学生世界》报，兴奋地冲进教室，"我的作文登报啦！我的作文登报啦！"同学们一拥而上，你也大大方方地和同学一起分享《"说变就变"的爸爸》，把大家逗得哈哈大笑。这是一篇单元习作，当时的作文指导课上，在确定写谁时，你毫不犹豫地说写"爸爸"，并罗列了好多例子，把同学听得一愣一愣的。因为是信手拈来，一节课的时间里，有趣的爸爸形象在你的笔下诞生了。你的善于捕捉生活场景能力，加上你的独特表达方式，让这篇习作熠熠闪光。

在期末老师同学评价中，这些闪着光的文字是属于你的：

笑脸灿烂闪灵光，天真女孩好嘉禾。做事认真爱学习，细心严谨顶呱呱。

充满灵气像精灵，浑身是劲使不完。积极发言有思想，纪律勇夺小红旗。

朗读美文显身手，擅长背诵读名著。文思泉涌一蹴就，日记本上晒心得。

最喜听你我能行，干劲十足有毅力。7班家庭爱嘉禾，独一无二就是你。

而今，可爱的嘉禾，你已是六年级的学生了，以你的自信，以你的开朗，以你的毅力，你一定能够驶向理想的彼岸！

一切美好的祝福都送给你，亲爱的嘉禾！

爱你的蔡老师

2016年11月

（蔡健老师是嘉禾一至三年级的班主任，语文老师）

每段路都有一段旅程

文/尉芳芳

风，摇曳着梧桐树，窸窸窣窣地响着。伴着路灯，静静地走在回家路上。每天都是那么平凡，都是那么真实地不露痕迹地从我们的指缝间溜走。来不及好好地感受，来不及细细地咀嚼，三年过了，就这么过了。

也许，在人生的长河中，"三年"算不了什么。但对于一个孩子来说，三年可以发生很多很多事情。

风裏挟着梧桐叶飘落，在地上一圈一圈地转着，像极了一位优雅的舞者。我的脑海中也慢慢地、慢慢地回放这三年的情景（准确地说是两年半）。

一头干练的短发，瘦高个。看着她，我不禁赞叹"身板"一词创作得到位，因为她的身体真如"板"一样笔挺。毫无悬念，她成了学校大队部三位护旗手中唯一的女生。

第一次"怒赞"

四年级时，我们学习了童话单元，进行童话创编，并投票选出了几个容易改编成童话剧的童话，准备排练后，带着节目走进"星星的孩子"，进行慰问演出。

当时，大部分孩子没看到过剧本（教材中最早出现剧本是五年级上册），更没有学过如何写剧本，但小嘉禾竟然没几天就拿着像模像样的改编剧本给我看。我当时愣愣地，随即兴奋地赞扬："嘉禾，你真是厉害，竟会写剧本了。"在这个剧本的背后一定有嘉禾的手足无措，但更有嘉禾的迎难而上、积极进取。

排练的阶段到了。有过排练经历的人一定对排练时焦灼的状态记忆深刻。如何站位，如何指导"演员"表演，道具的准备，甚至连排练的时间等都是导演需要思考的。小嘉禾的剧组演员多、地点转换多，因此排练的难度更大。但嘉禾硬是完成了任务，而且非常出色。她像模像样地指挥、有板有眼地指导、尽心尽力地制作道具时的画面，不时地跳到我的眼前。

这是第一次，我从心底里赞赏嘉禾的才能。

特殊"任务"

嘉禾是我的助手，不仅出色地完成大队部的工作，还能把语文学习委员干得精彩。她的工作能力与悟性是与生俱来的。

每次，我总愿意把有难度的任务——订正的名单及难收的作业，交给她去做。而她总能及时上交给我，她的认真负责提高了我的工作效率。

有时，我外出开会。如果需要上交作业，我依然会把收作业的任务给她。她总会记得在晚上把没有上交的名单通过父母的手机发送短信告知我，便于我在第一时间了解情况。

坚强的"女汉子"

学农期间，我又见到了另一个嘉禾。准确地说，只那么一瞬间，就让我为之一震。那天，有个项目是四五个同学为一组，一人搭着一人的肩，且所有人的手都不能碰铁锁，犹如小火车一样通过吊桥。当然，速度还得在规定范围内。

嘉禾是她们组的第一个。只见她双手交叉置于胸前，摇摇晃晃地走着。突然，不知怎么地，她双膝重重地跪在地上。估计在场的人和我一样，认为她们组无法通过了！因为嘉禾只有找到支撑点才能起身吧！可规则是不能用手触碰扶手。大家都屏息凝神地注视着。一秒，二秒，三秒，奇迹竟然出现了。她依然双手交叉在胸前，脸颊处的肌肉微微抖动，眼神里迸射出坚毅。就这样，她硬是站了起来。

一件不可能完成的事，她竟然做到了。在同学们的呐喊声中，她们组有惊无险地过关了。

用笔"讲述"

嘉禾的文笔也是棒棒的，她的文章总是那么充满灵气。短短的几秒钟，在她的笔下可以洋洋洒洒，人物形象惟妙惟肖。她也总能从一件微不足道的事情中，捕捉到值得珍藏的点滴。因此，她的文章也屡次发表或获奖。

偶然间，我问同学："你们为什么喜欢嘉禾？"她们带着笑脱口而出："她很耐心。""她经常帮助我们。"没有华丽的辞藻，没有刻意地描述，但我分明能感受到嘉禾在同学心目中的位置。

走在路上，细细回想我们共有的美好时光，把回忆拥在心里，用文字记录美好的日子。能见证嘉禾三年的点滴，是我的幸运。望着一地的梧桐叶，不禁感叹：世间万物在每段路上都有一段旅程。愿聪慧的嘉禾在下一段路上依然留下精彩的一段。

（尉芳芳是嘉禾四至六年级的班主任，语文老师）

师生缘

文/吴恢銮

四年前，我们有缘成为师生。一千多个日子的相处，你留给老师最深的印象是什么？笑容灿烂，无忧无愁，活泼聪慧。好像还不能很好地概括出来。对了，最深的印象是你的才华和干练。

你的朗诵水平，不敢说全校第一，班级第一，那是肯定的。每次班级演出，你最擅长朗诵《将进酒》和《春江花月夜》，还记得你和叶天泽合作朗诵，吟唱出了古诗的意境。那时，你才二年级，那么长的古诗，你都能脱稿朗诵出来，而且演绎得那么准确、传神，我佩服得五体投地。我也很喜欢这两首诗，可是我花了很长时间去记忆，都记不住。有一次，我参加一个活动，五音不全的我很想朗诵《将进酒》，可惜就是想不起诗词了。举这个例子，想说明两个问题：第一个问题，你的记忆力确实很好，好到让我嫉妒了；第二个问题，你朗诵的水平确实很高，高出我很多，又让我嫉妒了。所以，我再也不敢在你面前卖弄"才华"了。记得以前，我最喜欢在同学面前朗诵诗词，或者写一写所有人都看不太懂的"现代诗"，在你面前我就不敢了，实在担心你揭穿我。

　　你从三年级开始，就开始在杂志和报纸上发表文章，我总是你的第一个读者，因为每次都是我给你拿来稿费和样刊的。这几天，我比较系统地阅读了你写的文章，实在佩服你的文学细胞，好像汉字是你养的小鸟，跟着你的思绪随风起舞，飘逸灵动。你的文章视野很宽，语言充满童年气息，记录着你的喜怒哀乐，也记录着你的生命成长，这是多么珍贵。现在，你把你写的文章结集出版，这是很好的交流方式，可以让同龄人看到一个多才多艺的王嘉禾，一个善良干练的王嘉禾，一个充满理想与浪漫的王嘉禾。祝贺你！

　　作为数学老师，我也要聊一聊你数学方面的才华。记得一年级的时候，你参加七巧板拼摆比赛，只花了27秒就完成了一幅复杂图形的拼摆，打破了学校纪录，至今这项纪录无人能破，可见你动手与空间想象能力有多强。在女生当中，你的数学思维也是超一流的，课本上的难题在你面前就是小菜一碟，从来不用我担心。你的数学思维特别严谨与灵活，解决复杂问题，你总是那么冷静，不慌不忙，善于画图，善于化繁为简，善于从问题出发分析，所以一般难题你都能从容解决。你的数学表达与交流也是超一流的，公开课上，只要你站起回答问题，我就特别放心，一个复杂的问题，你只用两言三语就能讲清楚。

你的优秀，不仅仅局限于多才多艺，你还是一个心地善良、自信阳光的女孩。不管遇到什么困难，你也总能咬牙挺过去。你对班级里的每个同学都是那么友善，所以你人缘特别好，同学们都喜欢和你交朋友。你时而像个假小子，时而像个淑女，不管是男生，还是女生，都是你的好朋友，真羡慕你。

你还特别喜欢阅读，阅读视野极为宽广，每次看起书来还常常入了迷，再嘈杂的声音也不会分散你的注意力，这真好。一个爱阅读，爱写作，爱思考，爱交友的女孩，谁不喜欢呢！

与你成为师生，是我一生的荣幸！

你是春天里的丁香，吴老师静待你的花开。

再次祝贺王嘉禾作品结集出版！

（吴恢銮老师是嘉禾从二年级到六年级的语文老师）

我的嘉禾

文/任瑞芳

2015年10月,通过层层选拔,嘉禾脱颖而出,成了学校大队部的一名新成员。至今,我的手机里还保留着那年所有孩子参选大队委员的视频资料,当然也包括嘉禾的。当岁月悄然间从指尖溜走,我总是忍不住回望,感叹孩子们的成长。

嘉禾,刚认识她的时候,对她印象挺特别。高高的个子,有着我梦寐以求的小细长腿。她没有小女生的矫揉造作,相反,胆子挺大,干脆利落。此后,她加入了大队部最有挑战的组织部,开始和学校白天鹅电视台那些设备"打交道",她总是自得其乐,沉醉其中。于是我开始默默关注这个小姑娘。

无论是常规工作,还是额外的任务安排,嘉禾总是干劲十足,表现出很强的责任心和领导能力。直至某天,我恍然发现这个短发女孩已经走进了我的心里。

那天,我接到下周一外出参会的通知,孤身一人的我开始为周一升旗仪式而焦虑。于是在近30名大队委员里,我搜索到了嘉禾的影子。我把她叫到跟前,和她一一落实各部门安排,请她统筹把关。周一,我在会场看到同事发来的照片,知道前期出了点小问题,有点着急。意外接到嘉禾的电话,她告诉我升旗仪式虽然有点小状况,但还是一切顺利。那一瞬间,我突然觉得嘉禾长大了。

"我的嘉禾",不知从什么时候开始,我突然喜欢这样称呼她。每当我分身无术,就去找嘉禾帮忙,她带给我满满的放心。如今,嘉禾已是大队部独当一面的大队长,从去年的小"学徒",成长为新一届大队委员的师父……

亲爱的嘉禾,很高兴遇见你。在你最好的时光,在我最美的年纪。祝福你,未来前程似锦;欢迎你,常回母校看看!

(任瑞芳老师是天长小学大队辅导员)

嘉禾,只要你喜欢

文 / 金林萍

"金老师,我是嘉禾的爸爸,你还记得嘉禾吗?"

嘉禾,六(7)班的王嘉禾,我怎能不记得呢?

那个刚入学没几天,就被我选为音乐小老师的、大大的眼睛总是充满好奇的小不点；那个在舞台上，尽管不是最出挑，但总是最认真的小女孩；那个每次看到老师在忙碌，都能主动上来帮忙，个儿高高的小女生……

"我们嘉禾现在除了练钢琴，其他音乐方面一下子看不出什么特长。但她真的好喜欢音乐与美术……"

知道吗？亲爱的嘉禾，当我听到你老爸这句话时，我心里真的有点想偷笑了，我只想悄悄地告诉你：今年国庆，老师回去参加三十年的初中同学会，你知道不，当我告诉那些同学，我是一名音乐老师时，他们的表情有多么惊讶。因为在他们的记忆中，老师我也是没啥艺术细胞，有的只是喜欢。

亲爱的嘉禾，你是不是觉得有些不可思议？

记得一年级的时候，老师来班级选拔学校舞蹈队的队员，你第一个把手举得高高的，尽管你因为个子原因没有坚持到最后，但老师怎么也忘不了，那次校庆晚会上，你在舞台上表演的身影，那么投入，那么地开心！尽管最近老师忙得都没看你弹琴，但我知道，你一直在坚持，只因为那分喜欢与热爱。

亲爱的嘉禾，当那天上完音乐课，你主动留下来找我，只因为你没听清楚一段音乐而想再听一遍时，你知道不？老师我有多欣慰！

虽然我只是你的音乐老师，但老师坚信：阳光自信、充满爱心的嘉禾，无论做任何事，一定都会很出色，因为你愿意付出，懂得坚持！

（金林萍老师是嘉禾一、二、四、六年级音乐老师）

我的小屁孩

文/吴凌霞

没想到一晃就是十二个年头。想到看着长大的小屁孩今天即将小学毕业，心里莫名感动。接而又联想到未来她婚礼场上，若是提起孩童时期的点滴，我会如何的怀念与不舍，又是多么骄傲于她知性的美丽和动人。再说下去，我自己都要流泪了。感谢小屁孩，给我这样一个机会和她絮语。

你和桃子真的可以说是从小就在一起的，很庆幸在没有亲兄妹的今天，你们能如此投缘，如此要好，这是一辈子的福气。虽然因为学业压力的增大，你们相处的时间日渐减少，但是彼此心底那重要的位置，是谁也没法替代的。因了你的一切，我觉得你就像我的另一个孩子。

你从小懂事，比起其他孩子虽只大一两岁，却能干很多。曾经，我们一帮大学同学在一起，凡聊到学习，都是以你为楷模的。你是那么认真、上进，学英语、练钢琴、学游泳、打排球……你涉猎广泛，因此也花去了你许多业余时间。可你从未嫌累嫌苦。见面时，总是能和我们谈起期间的种种趣事。"嘉禾姐姐现在应该在看课外书了，你是不是要快一点啊？"时常，我这样催桃子做作业。学习上以你为榜样，生活中那就更不用说了。暑假旅行，我们不知道一起去了多少地方。青岛、香港、北京、海南、桂林、南京、云南、泰国、陕西、洛阳、四川、重庆、甘肃、青海……每次出行，你都会自己拎一个小包，管理好自己的东西。

真正的长大是体贴他人、理解他人之后的自我改变。你知道爸爸妈妈每一天都很疲惫地回家，很辛苦。你就把自己能够搞定的事情都搞定。有好几个周末，桃子想约你一起玩，你礼貌而客气地回绝了。似乎你懂得学习不单单是家长的事，更是自己的事儿。一个对自己负责的人，一定是有担当的人。

你看，能能、桃子、依依、萱萱、园园，这一帮子的小跟屁虫，多喜欢和你在一起呀！你是一个永远不缺乏话题的孩子。只要你们在一起，你都会想着法子带他们疯狂地玩儿。玩闯关、冰人火人、谁是卧底、玩鬼屋，家里、宾馆天翻地覆，那满屋子的枕头哟……你们几个算是有那么一些默契，黑了灯，集好所有的枕头，找到电筒，模仿黑屋子，一人嘴里哼出可怕的诡异之音，一人打着电筒照着自己的脸，印出恐怖的鬼影。突然间，一双手从后面环抱住我……啊！我要没魂了！魂飞魄散中，厉声叫骂着你们的举动。阿姨我有心脏病啊！可就是这样，你们仍然乐此不疲，非把每一位在座的叔叔阿姨吓破胆为止。你还真是有一点乖巧，有一点坏啊！可是每每想起，那又是最令人回味的。

你是祖籍海边却不吃海鲜的孩子，你是喜欢剪一头短发爱吃中山路永康麦饼的孩子，你是个头超过同龄女孩太多的孩子，你是说话时声音洪亮且不知疲倦的孩子，你是第一个和桃子卧谈到凌晨两点的孩子……哈哈，你还是一个最爱听我话的孩子！你就是你，一个独特的孩子！一个最好、最棒的小屁孩！

愿小屁孩心里永远住着快乐！

（吴凌霞阿姨是嘉禾妈妈的大学同学）

恩师寄语

善良感恩的嘉禾

文/许纯

嘉禾，整齐的刘海，齐耳短发，一双清澈透亮的眼睛。虽然，我不像你们班级里的老师那样，与你亲密地交流。但是时隔十年，一想起幼儿园里的你，脑海里就浮现出一个口齿伶俐、语言丰富、善于表达的乖巧女孩。毕业后，你经常在教师节双手端着甜蜜的巧克力来看望我，真是一个善良、感恩的小姑娘。今年教师节，你又来到了我的办公室。这次你变化可大啦，你的身高与我相差无几，声音也透着成熟，你会和我聊聊你的成长道路，你还和我分析你的努力方向，真是一位善于思考的姑娘。看着日渐成长的你，我们老师倍感欣慰。

嘉禾，祝贺你在小学即将毕业之际，拥有自己的成长佳作！五星幼儿园的老师因你而骄傲！我们默默地祝福你:热爱写作、享受写作,用心去体会世界的真善美!

(许纯老师是嘉禾就读的杭州市五星幼儿园园长)

严谨踏实的嘉禾

文/李鸿嫣

一头乌黑的短发,干净利落,大大的眼睛,炯炯有神,总是端端正正地坐着,时不时地在本子上记点什么……初见你时,注意到了你,之后的每一节课,我都会关注一下。

你听课总是非常认真,一旦到了分小组实验时,你常常带领小伙伴们一起活动。为了证明自己的观点是对的,你们小组常常一丝不苟地操作实验,仔细观察实验现象,一遍遍地获取数据,并认真分析实验数据。有时你们也会为了不同的观点而起争执,你总会适时地发表自己的观点,最后当然是大家都向事实"妥协"。

科学课中的你,积极探究,仔细认真,求真求实;课后的你,对周围的世界有着强烈的好奇心……是的,你已经拿到了一把万能钥匙,希望你在今后的学习生活中继续用这把钥匙去开启更多的大门,通向光明的未来!

(李鸿嫣老师是嘉禾四、五、六年级的科学老师)

干脆爽朗的嘉禾

文/沈丽娜

只教了嘉禾一个学期,距离此刻已将近三年,脑海里关于她的印迹,却仍然清晰:干脆爽朗的个性,与之极其匹配的齐耳短发,略带沙哑的嗓音。我对大大咧咧的女孩本来有偏爱,当看到她某次参加英语演讲比赛前,一遍又一遍在我办公室练习的模样,便又增添了几分喜爱之情。今闻嘉禾要出书,真心为她高兴!每个人都要有些爱好,小小的,愿意坚持的,能努力去实现的。期待她在一步步寻梦的路途上,进入更广阔的天地,书写出更丰富的人生。

(沈丽娜老师是嘉禾三年级的英语老师)

有独特个性的嘉禾

文 / 张明江

王嘉禾,你是一个爱画画的女孩。张老师工作第一年就教你了,认识你了,你一直是那样的乖巧懂事。课堂上你认真,积极提问,勤于思考,你的画作总是让老师倍感欣慰。你做事干练大气,在你的画作里也能感受到。你热爱画画，善于用自己手中的画笔，表达自己的内心感受和对事物的看法，你的作品有自己独特的个性，非常棒。每堂美术课你都能做到认真，相信这种认真和自律肯定能够让你变成一个出类拔萃的人。最后张老师想送你一句话：操千曲而后晓声，观千剑而后识器。希望我们一起共勉，在自己所热爱的事情上快乐地奋斗。

（张明江老师是嘉禾三、五、六年级的美术老师）

刻苦锻炼的嘉禾

文 / 陶佳瑜

你是个聪颖、沉稳、文静、坚强的女生。学习踏踏实实，做事认认真真；关心集体、帮助同学、待人随和，这都是你的优点。在体育课上表现积极，你虽不是运动场上的佼佼者，但你从不投机取巧，通过自己的刻苦锻炼和勤奋练习，来提高自己的体育成绩，具有踏实勤恳的运动员精神。在体育课中能全身心地投入练习。除此之外，作为校女子排球队的主力成员，能够以身作则，积极投入每天的训练中，也多次代表校排球队参加比赛，为学校争夺荣誉。体育强健的不应只是体魄，更是人的精神。最终的成绩和荣誉并不是最重要的，但你从体育锻炼中习得的这些优良品质，才是你一生的财富。也许如今体育还未能给你一个强健的身躯，但你从不放弃，每天都要超越昨天的自己，正如那句话——"我走得很慢，但我从不后退！"

（陶佳瑜老师是嘉禾的五、六年级体育老师）

善听意见的嘉禾

文/陈向华

窗外，秋日午后的阳光正明媚。窗内，女儿和同学们的童声合唱忽高忽低。这样的日子，总为这些活泼朝气的孩子们而感动。在与女儿一起成长的朋友中，她最喜欢、最佩服的就是嘉禾姐姐了！

对女儿来说，记忆最深的是那趟桂林之旅。女儿对我说："是嘉禾，在我们玩玩具时，在我们游戏时，一点一滴采纳我的建议，让我迈出了勇敢的第一步。嘉禾姐姐愿意听每一个比自己小的孩子的每一个建议。这让我对嘉禾姐姐的好感与日俱增。在我们懵懂中，是嘉禾姐姐帮助了我。嘉禾姐姐，在我心中，永远占着重要的位置。我珍惜和她在一起的每一天！"

这样的嘉禾，谁人不爱，谁人不喜？闻说亲爱的嘉禾将出自己的作品集,为绚丽多彩的六年年华画上美丽符号,许我和女儿一起为她高兴与喝彩!

(陈向华阿姨是嘉禾妈妈的大学同学)

一起上厕所,可以培育出最伟大的友谊
——和嘉禾爸爸探讨儿童的写作

文/韩中华

嘉禾爸爸,我喜欢好玩儿的文字,所以选择了嘉禾的《佳佳,我想对你说》这一篇来发表。

这么说,作为编辑,难免任性,难免引起你更深的讶异。所以,还是用理由解释一下。

我认为儿童的文学,贵在"完全的天真,自然,清白,明净",这是丰子恺先生的话。这几个特点在小学前三个年级的儿童习作中常见,这是因为儿童思想天生无染,并没有被学校教学法太厉害地禁锢过的关系(啊,我所知道的那些不禁锢孩子的老师,你们卓越的见地和方法,是多么让我敬佩)。四年级是个分水岭,孩子学会了总结中心

思想、段落大意，学会了记叙文的六要素，受了课本体的侵害，变得做作、认真、想讨人喜欢起来。所以，他们的文字离自然清白越来越远，他们的人生也离率真活跃健全的童年越来越远了。

儿童的烦恼和快乐大多和成人不同。小女孩对伙伴的依恋，下课放学手勾手走，口香糖和别人分吃了，上厕所时和别人一起去了，那内心的痛苦、沮丧、比"大人的破产、失恋全军覆没"还要悲哀，这种悲哀自然流淌，便是好文字。

您寄来的嘉禾数篇文章里，有西湖游，游桂林的，有写生命的力量、废墟里的婴儿的，这些文章结构稳当，主题积极，心理、行动、对话描写俱全，不能说写得不好，只是觉得比这一篇少些童真而已。

说到缺少童真，我想到我们的文学传统，向来有"文以载道"和"文贵乎情"的争论，也不乏二者巧妙的互补。文人骚客居庙堂之高，则做冠冕文章；退临泉之间，却常是简淡、活泼、可爱、癫狂。这样的传统，延续到现在的教学上，不是巧妙互补，而是自相矛盾。教师教育学生，张口必言真情实感，又要求学生主题明确、积极，所以我常看到首尾是中心句、口号，夹心是真情实感的学生文章。

我忍不住叹息，因为这种苗头基本上是无法遏制的。

儿童逐渐成长，行为逐渐融入社会的各种规则，写作一步步向中高考的要求贴近，这是常态。但我还是要提醒孩子们，文字永远有表达性灵的奇妙作用。写越来越多的应试文章的同时，可以写短日记、小便条来表达自己的最真实的内心。

作为一个编辑，选中一篇稿件，是在几分钟内发生的，是带有强烈个人喜好的，或者说个人文学主张怎样，就会选取什么样的文章。我是崇拜儿童的，喜欢文字清白自然，所以才会选这篇而不是其他篇吧。

最后，拜托嘉禾爸爸转达：希望嘉禾早日和好友恢复关系，可以重新手勾手一起上厕所。女孩子在一起上厕所时，能培育出最伟大的友谊。我读高中的时候，冬天和好朋友一起上厕所时，也是手勾手的。我的手是小的、暖的；她的手是大的、凉的，那种奇妙的体温传递，我现在还记得。真的是很美好。

（作者系原辽宁出版社编辑）

（附文）

佳佳，我想对你说

亲爱的佳佳：

最近你好吗？我们是好朋友，但是也常常有一些小矛盾产生。其实，只要我们任何一个人退一步，而不要气势汹汹地反击，也许很多次的矛盾都会化解。我们以后都退一步，或是不要拿对方开玩笑，好吗？

我们曾经有很多小矛盾产生，但是我都忘记了。可是有一个矛盾，我却记忆犹新。

那天，下课了。你牵着周琪的手，笑嘻嘻地邀请我说："王嘉禾，我们一起上厕所吧！""好的，走吧！"我十分高兴。

谁知，你和周琪冷不丁地跑向了厕所，我也使出吃奶的力气使劲跑，但是我跑得慢，怎么也追不上你们。我放弃了，停了下来。我独自望着你们的背影，心中充满了失落、伤心、难过、愤怒、孤单……然后装作若无其事的样子，平静地走回教室。

从那以后，你就抓住我跑得慢的缺点，来拿我开玩笑：英语课一结束，你和另一个同学撒腿就跑；在上厕所的时候，你让我等你，等我出来时早已不见了你的踪影……

　　遇到这种情况，我都只能平静地走掉，因为我知道，追，一点用处也没有，反而会让你跑得更快。

　　佳佳，当每次你跑掉的时候，失落就会涌上心头。你想想，如果，我也像你一样跑掉，你是不是也会很难过？所以，拜托，请不要再拿我开玩笑了，好吗？

　　祝

友谊天长地久！

王嘉禾

××年××月××日

（附文发表于辽宁少年儿童出版社的《小学生优秀作文》）

嘉禾"史记"

成长花絮

2011年

（1）2011年1月,"金都天长杯"省少儿国际象棋等级赛,幼儿女子甲组"省八级"（24名）。

（2）2011年1月,被评为校级"全能生"。

（3）2011年3月,获泉音堂钢琴演奏"最佳潜力奖"。

（4）2011年3月,在省钢琴家协会、泉音堂艺术培训学校举办的钢琴演奏会上,和张子川合奏《骑士》。

（5）2011年4月,在"翻转课堂,探险学习"大学科活动"巧拼七巧板"比赛中荣获一等奖（第一名）。

（6）2011年6月,获泉音堂钢琴演奏优秀奖。

（7）2011年8月,通过"中国舞蹈家协会"中国舞三级证书考核。

（8）2011年10月，通过"上海音乐学院社会艺术水平考级委员会"钢琴二级考核（良好）。

（9）2011年10月，在团省委、省教育厅、广播电视集团主办、浙江之声承办的中华经典诵读"我爱背唐诗"海选活动中表现优异。

（10）2011年11月，获评为班级"体育之星"。

2012年

（1）2012年1月，第七届浙江在线弈诚围棋兴趣组"省六级"（15名）。

（2）2012年1月，被评为"天长小画家"。

（3）2012年1月，获天长小学第三届"信息技术创新大赛"三等奖。

（4）2012年1月，获第五届"墨缘杯"书法作品大赛中学生组硬笔二等奖。

（5）2012年7月，被评为校级"全能生"。

（6）2012年9月，通过"中国舞蹈家协会"中国舞四级证书考核。

（7）2012年10月，获泉音堂钢琴演奏优秀奖。

2013年

(1) 2013年1月,被评为校级"阳光少年"。

(2) 2013年1月,被评为"天长小画家"。

(3) 2013年2月,作品被学校"博物馆"收藏,美术作品《荷花》被选入《天长日记》一书。

(4) 2013年4月,在"翻转课堂,探险学习"大学科活动"巧拼七巧板"比赛中荣获二等奖(第二名)。

(5) 2013年7月,被评为校级"特长生"。

(6) 2013年7月,被评为"天长才女"。

(7) 2013年9月,通过"中国舞蹈家协会"中国舞五级证书考核。

(8) 2013年9月,通过"上海音乐学院社会艺术水平考级委员会"钢琴三级考核(合格)。

(9) 担任班级副班长、语文课代表。

2014年

(1) 2014年1月,作品被学校"博物馆"收藏。

(2) 2014年春季运动会,获三年级女子垒球第七名。

（3）2014年1月，被评为校级"全能生"。

（4）2014年1月，在数学学习中表现优异，获学校"数学小博士"称号。

（5）2014年2月，被评为上城区"三好学生"。

（6）2014年7月，在数学测试中成绩优异，获学校"数学小博士"称号。

（7）2014年7月，被评为校级"全能生"。

（8）2014年7月，获班级"好干部"称号。

（9）2014年度中央电视台"希望之星"英语风采大赛杭州赛区"一等奖"。

（10）担任班级学习委员，语文课代表。

2015年

（1）2015年，参加少先队大队部竞选，成为大队部成员，担任大队部组织委员。

（2）2015年6月，获天长"小画家"称号。

（3）2015年6月，获"数学智慧乐园"优秀学员称号。

（4）2015年6月，获学校英语学科竞赛"优胜奖"。

（5）2015年春季运动会，获四年级女子跳高第五名。

（6）2015年春季运动会，获四年级400米第六名。

（7）2015年7月，被评为班级"优秀小干部"。

（8）2015年7月，被评为班级"十佳名嘴"。

（9）2015年7月，被评为班级"英语小大人"。

（10）2015年7月，被评为校级"特长生"。

（11）2015年7月，被评为校级"阳光少年"。

（12）2015年12月，被评为校级"全能生"。

（13）2015年12月，在区体育节"三跳"比赛（长绳）中获得一等奖。

（14）2015年度中央电视台"希望之星"英语风采大赛杭州赛区"二等奖"。

2016年

（1）2016年1月，被评为校级"特长生"。

（2）2016年1月，被评为校级"全能生"。

（3）2016年1月，被评为学校"英语小大人"。

（4）2016年3月，拍摄的微电影作品，被评为校前十作品。

（5）2016年，在"国防教育实践活动"中，作为学生代表发言，并被评为"优秀学员"。

（6）2016年5月，在英语学科"SpeechDay演讲"中，

入选"天长十佳"。

（7）2016年6月，获天长"小画家"称号。

（8）2016年7月，被评为校级"特长生"。

（9）2016年7月，被评为校级"全能生"。

（10）2016年7月，被学校评为"优秀小干部"。

（11）2016年，被选为校"升旗手"。

（12）2016年度中央电视台"希望之星"英语风采大赛杭州赛区"二等奖"。

（13）2016年，担任英语课代表。

（14）2016年，担任校女排主力。

（15）2016年，获杭州外国语学校保送资格，获民办学校升学校长推荐资格。

（16）2016年，被任命为天长小学少先队大队长。

2017年

（1）2017年5月，文汇出版社出版"天长差异教育研究成果""小作家丛书"，《拾穗行歌》一书入选，该书由著名作家沈石溪作序《书香少女，幸福人生》。

（2）2017年12月，共青团浙江省委、浙江省教育厅、浙江省出版联合集团、浙江省少工委联合主办，浙江省第一个"红领巾E站1013"阵地暨"读习爷爷读过的书"活动中,《拾穗行歌》一书作为推荐读物,在新华书店推广。

(3) 2017学年上学期,担任班级副班长。

(4) 2017学年上学期,获建兰中学学习最高奖项"金兰奖"。

(5) 2017学年上学期,获校"三好生"称号。

(6) 2017学年上学期,获校"银马奖",获"优秀课代表""彩课优秀学员"等称号。

(7) 2017学年上学期,担任学生会外联部部长。

2018年

(1) 2017学年下学期,获校"三好学生"称号。

(2) 2017学年下学期,获校"金马奖""黑马奖"称号。

(3) 2017学年下学期,获校"优秀课代表""彩课优秀学员"称号。

(4) 2017学年下学期,主持六一节目——"唤醒经典,让古诗词乘歌飞翔"——文化寻力系列活动,该活动被"新浪浙江"网报道。

作品发表、获奖记录

（1）2012年获杭州市第二届"中小学生新童谣大赛"优秀奖。

（2）2012年在《钱江晚报》发表诗歌《春娃娃》。

（3）2014年在《作文报》发表《我所经历的暴风雨》。

（4）2014年在《中华活页文选》发表《我的"跟屁虫"妹妹》。

（5）2014年在《少年文学之星》发表《绿豆发芽记》。

（6）2014年在《小学生优秀作文》发表《剥核桃》。

（7）2014年在《小学生世界》发表《"说变就变"的爸爸》。

（8）2014年《人间天堂》获浙江省"第五届小学生课内作文大赛"三等奖。

（9）2014年在"中国梦儿童诗"征文活动中获三等奖。

（10）2014年在《作文新天地》发表《吃橘子》。

（11）2015年在《钱江晚报》发表《春娃娃跑来又跑去》。

（12）2015年在《小学生优秀作文》发表《佳佳，我想对你说》。

（13）2015年在《小学生世界》发表《雪地里的脚印》。

（14）2015年入围《杭州日报》当场作文比赛。

（15）2015年《我的小秘密》获浙江省第六届"小学生课内作文大赛"一等奖。

（16）2015年在《钱江晚报》发表《蜗牛日记》。

（17）2015年在《少年作家》发表《蚂蚁是我的老师》。

（18）2015年在《新作文》发表《小猪和它的鼻子》。

（19）2016年在《小学生世界》发表《星星的孩子》。

（20）2016年在《语文报》发表《踏浪》。

（21）2016年《刻满爱的快递箱》浙江省第七届"小学生课内作文大赛"获二等奖。

（22）2016年《掉落到人间的小星星》，获得全国第十一届"冰心作文奖"小学组三等奖，并入选《冰心作文奖获奖作品集》一书。

（23）2016年《地球妈妈的心声》获全国"第三届小学生现场作文大赛"高年级组二等奖。

（24）2016年《星星的孩子》在教育部关心下一代工作委员会、教育部关工委全国青少年"五好小公民"主题教育活动组委会组织的"少年向上，真善美伴我行"征文中获得小学组三等奖。

（25）2016年现场比赛作品微型小说《窗》，获得全国第三届小学生现场作文大赛高年级组二等奖,颁奖单位:全国才艺测评委员会。

(26)2017年中国文史出版社出版的《春风杨柳》一书收录《我与书的秘密》一文。

(27)2018年上海科学技术出版社出版的统编教材《同步作文》收录《争论真好》一文。

(28)2018年上海科学技术出版社出版的统编教材《同步作文》收录《时空胶囊》一文。

(29)2018年浙江工商大学出版社出版的《明日之星》一书收录《BiangBiang面》一文。

(30)2018年在《作文新天地》发表《世间有爱,便一切安好——〈哈利·波特与死亡圣器〉读后感》。

(31)2018年在《都市快报》发表《参观成都大熊猫基地》。

(32)2018年在《中文自修》和"杭州网"发表《"初来乍到"的初中生活》。

(33)2018年在《初中生》杂志发表《家有"萌"娃》。

(34)2018年《奶奶的房子》获第五届全国新少年作文现场大赛优胜奖。

(35)2018年《新年,新年》获第十一届"文心雕龙杯"

全国校园文学艺术大赛预赛一等奖。

（36）2018年《藏在记忆深处的童年》获第十三届全国青少年冰心文学大赛预赛一等奖。

（37）2018年《走过·雨巷》获第二十届"语文报杯"全国中学生作文大赛预赛二等奖。

（38）2018年在《初中生写作》发表《争论真好》。

（39）2018年在《快乐作文》发表《我的烦恼》。

（40）2018年在《钱江晚报》发表科幻文章《金翅雀》。

后记

让文字之花在笔尖绽放

我的小集子编辑成第二本小书了,我把她看成是岁月的沉淀,情感的沉淀,思想的沉淀。

小学部分,是"我手写我心",心里怎么想,笔端就怎么流泻;初一写的文章,是观察,是感悟,是对生活的回馈。童年,是一种稚嫩,因为稚嫩,跳跃其间的,是一种惹人怜惜的童真。我记得在幼儿园的时候,爸爸的同事就说我"精灵古怪",也许这个评价是对的。"文如其人",

很多童年"精灵古怪"的事情,都被我记录下来,凡是特别好玩的事情,我总能够洋洋洒洒地写下来,写的时候,脑海中有画面,有一些值得玩味的细节,就不停放大,生动有趣味,读的老师和同学也是哈哈大笑。我的童年充盈着快乐,这些快乐和文字一一对应,形成了"快乐的文字","跳跃的精灵"。感谢这些文字,她们是童年的胶片,不,比胶片更珍贵,因为文字更加富有想象力。

到了初中,青春向我奔涌而来,青春的日子无疑具有"质的飞跃",随着初中生活的到来,笔下的生活,比起童年的生活自然有了本质的不同,文笔明显变化了,语感更加向诗的特质靠拢,在《走过·雨巷》这一篇散文中得以体现。抒写初中生活的十几篇文章,有对童年的回望,有对青春的惆怅,这一些情感,是处于童年和青春分水岭特有的情感,因此在人生中更有价值。学业的紧张,开始在笔尖流泻。但是,这种紧张,都在"兰语咖啡吧"得以化解,诗意得以张扬,"注定最美的一月",因为青春,一切都是美丽。

在编排这本小册子的时候,借用《诗经》"南有嘉鱼",取书名为"南有嘉禾",算是对自己的一种激励吧。"嘉鱼凌跃纵金鳞"——初中生活,"佳处湖山忆漫游"——各地风情趣事,"家在西湖烟水东"——家人家事,"稼稽躬勤著诗书"——多种体裁的尝试,"甲第何人意气归"——获奖发表作品,"笳鼓几声入云中"——老师们的评价,每一句诗开头的第一个字读音与"嘉"字相同相近,六句诗连起来读也比较顺畅。

这六部分中,我认为最能表达我内心的,是第一部分"我的初中生活"。这是我告别小学,升入初一后写的最多的一个主题。

初中生活,听起来似乎没有什么可写,也没有什么有趣的事情值得记录。但在我眼中,并非如此。因为是踏入校园的第一年,一切的一切都那么新奇有趣,在阳光照耀下,闪烁着最耀眼的光芒。它流动着、欢笑着。大到军训、运动会、期中考等重大活动,小至平时的"一起去售卖机买东西""去兰语咖啡吧""复习阶段的紧张"等,至今还镌刻在我的心间。每每想起,总是心怀喜悦。因为一切的场景都是那么熟悉,那么清晰,清晰到似乎还记得每一个人的一颦一笑。

"初中生活"这一系列,属于随笔型,我往往会提笔一气呵成,也不愿意过多修改润色。我觉得,既然是随笔,就要流露自己内心最深处的想法,表达自己最浓厚的情感,否则与考场作文无异。每每酣畅淋漓地写完一篇,我就沉迷于通读文章之中。读的过程中,或许还会因为什么事情笑出声，总觉得很愉快。在这些随笔中，我或许会不自觉写下某些诙谐俏皮的语言，或者是同学们最真实的生活用语，尽最大可能传达同学们内心的想法。这让我再读之时，场景会在眼前再现。这就是我喜欢"初中生活"系列的原因吧。

第三部分，主要是写人记事。我发现，主要把笔调着力在了人物神态或语言的刻画上。有些是生活中习以为常的小事儿，或许因为贴切主题，我就毫不犹豫地记录下这些小事。至今看来，还在感慨，幸亏记录下这些丰富多彩的小事，我若不用笔及时记下来，早已不知道把它们抛到哪里去了。所有这些，组成了我多姿多彩的课余生活。

第四部分最为特殊。收录我从小到大写过的不同文体的文字。从"小说"到"微小说"，到"短篇科幻小说"，到"散文""诗歌""童话""评论""游记"……尝试多种体裁，我试图成为多面手，在这之间自由切换。

第五部分收集了我从小到大发表获奖的一些作品，仔细数了一下，共有40篇。要感谢老师们给我的机会，让我参加各种比赛，帮我投稿发表，让我欣慰的是，编辑叔叔和阿姨对我的文章还是比较认可的，基本上没怎么修改就发表了，还有一个编辑阿姨给我写来长长的一封信，我满怀感激。

第六部分是最为珍贵的。我的奶奶、我的师长、爸爸妈妈的朋友,他们不吝惜最美好的语言,肯定我,鼓励我,让我觉得人世间的真情弥足珍贵。我发自内心地感恩于他们!

在我的成长中,外公外婆、爷爷奶奶给了我无私的关怀,我的一颦一笑,都牵动着他们的心。

在我的成长中,爸爸妈妈与我朝夕相处,载着我在大塔儿巷、直大方伯、孝女路、抚宁巷、刀茅巷之间,一晃就是十几年,他们的付出无法用言语来表达。

在我的成长中,我的老师们啊,遇到他们是我的缘分、我的福气,他们把学生当成自己的孩子,我的成长中的点点滴滴,都有着他们的影子。

在我的成长中,叔叔阿姨、姑姑姑父、爸爸妈妈的同事,你们的一句话、一个眼神,都是对我的鼓励,让我受用。

还有这次帮我写序言的胡勤伯伯、涂国文伯伯;帮我题词的沈石溪伯伯、夏烈伯伯、方益波伯伯、姜鹏伯伯,给了我许多鼓励。

回忆如潮水般涌来,我的美妙记忆,潜藏在这些看似不同形式的文字中,正朝我眨着眼睛呢。

啊！这些小小的花蕾，在笔尖与纸张触碰时种下，在笔尖挥舞时绽放。那样平凡，又那样耀眼夺目。

2018年7月9日深夜于余姚